몽정의 편지

몽정의 편지

The Wet Dream Letters

지예 지음

BOOK STAR

몽정의 편지

The Wet Dream Letters

초판 1쇄 인쇄 2014년 9월 24일
초판 1쇄 발행 2014년 10월 1일

글	지예		
그림	최준엽		
펴낸이	박정태		
편집이사	이명수	감수교정	정하경
책임편집	위가연	편집부	전수봉, 김안나
마케팅	조화묵, 최석주	온라인마케팅	박용대, 김찬영
펴낸곳	북스타(www.kwangmoonkag.co.kr)		
출판등록	2006.09.08 제 313-2006-000198호		
주소	경기도 파주시 파주출판문화도시 광인사길 161 광문각 B/D		
전화	031-955-8787	팩스	031-955-3730
E-mail	kwangmk7@hanmail.net		
ISBN	978-89-97383-39-9 03800		

차 례

나를 거쳐 슬픔의 나라로 들어가거라.

나는 영겁의 고통으로 가는 문

나는 영원히 버림받은 자들에게로 가는 문

……(중략)……

나는 영원토록 남아 있으리라.

여기 들어오는 너희는 온갖 희망을 버릴지어다.

- 단테 《신곡》 지옥편 중에서

프롤로그

아, 도대체 얼마만의 외출이던가. 기분이 아득했다. 교도소에 오래 수감되어 있던 수감자가 사회에 다시 나올 때 과연 이러한 기분이려나 싶었다. 엘리베이터를 타고 1층까지 내려오긴 했지만 현관에서 쉽사리 발길이 떨어지지 않았다. 거의 1년만이었다.

나를 집 안에 수감한 건 그 누구도 아닌 나 자신이었다. 나는 아무런 반항 없이 내 발로 들어가 교도복을 입고 쇠고랑을 찼다. 나는 그러할 수밖에 없었고, 또한 그럴 수 있음에 감사했다. 나에게 주어진 운명과 선택할 수 있는 권리에 감사했다. 내가 만일 공산주의 국가에서 태어났다면 아마 그러지 못했을 것이다. 나는 늘 공기처럼 당연한 듯 만끽하고 있던 이 찬란한 자유가 얼마나 값진 것인지 그제야 깨닫게 된 것이다.

나는 그대로 당연한 듯 집 안에 머물 수도 있었다. 전쟁이 나지 않는 이상 절대 나오려고 마음먹지 않았을 것이다. 아니 전쟁이

난다 한들 뭘 어쩌겠는가? 어차피 죽을 목숨인데 굳이 피난 같은 피곤한 일들을 겪느니 이 안에서 편안히 죽음을 맞이하는 게 좋을 것이다.

1년 동안 아무도 나를 찾지 않았었다. 휴대전화 요금 같은 것이 미납되었다는 식의 전화 한 통도 오지 않았다. 나에게는 가족이 없다고 봐야 한다. 가족의 존재 유무와 그들이 누가 될지는 내가 선택한 것이 아니었고, 그들 역시 어느 정도는 그러했을 것이다. 나의 부모는 아이를 갖지 않으려고 했을 수도 있고, 어쩌면 나와는 다른 쾌활한 강아지 같은 자식 (혹여 딸?)을 원했을 수도 있다. 결국, 우린 서로에게서 서로를 지웠다. 그것은 절대로 서로의 기분을 상하게 하지 않았다. 오히려 서로가 그것을 굉장히 합리적이라고 생각했다. 나의 가족이었던 사람들이 그렇게 받아들여주어 나로서는 아주 감사할 일이라고 여긴다. 같은 개념으로 생각하고 서로를 이해할 수 있다니, 이래서 핏줄인가 싶기도 하다.

이러한 나를 집 밖으로 꺼낸 것은 한 통의 전화였다.

"형사님."

목소리를 듣자마자, 단번에 김진호라는 것을 알 수 있었다. 1년이 지났지만 어찌 그 목소리를 잊을 수 있으랴.

"그냥 걸어 봤어요. 형사님 잘 지내시나 하고요. 다른 분들은 다 서에 계시지만⋯⋯ 형사님은 안 계시잖아요. 형사님은 이제 형사님 아니잖아요."

나는 아무 대꾸도 할 수 없었다. 그럼 뭐라고 부를래? 하고 물을까 싶었지만 그만두었다. 굳이 김진호와의 사이에서 새로운 호칭을 정해야 하나 싶었다. 쓸데없는 일이었다. 나는 아마 그와 평생 마주치지 않을지도 모른다. 그는 아마 내 기억 속에 스무 살의 어린 미소년으로 남으면 되는 거였다.

"사실 궁금해서요, 형사님 안부도 그렇지만…… 편지의 안부요."

"어."

나는 마른 침을 삼키며 김진호가 말하는 '몽정의 편지'들이 있는 침대 옆 협탁을 바라보았다. 나의 하루의 시작과 끝, 어쩌면 끝 너머의 시간에도 난 그 편지들과 함께였다. 그 편지들이 협탁 안에서 늘 그렇듯 나의 손길을 기다리고 있었다. 난 주로 낮 시간에는 잠을 잤고, 해가 질 무렵이면 일어나 밥을 먹었다. 밤이 무르익을 시간이면 침대 끄트머리에 앉아 편지를 읽는 것이 나의 유일한 하루 일과였다. 나는 그렇게 1년을 살았다. 겨우 일곱 통의 편지를 곱씹고, 또 곱씹으며 1년을 살고 있었다. 난 결코 할 일이 없는 사람이 아니었다. 난 훌륭하진 않았지만 그래도 쓸 만한 형사였다. 그러한 내가 모든 일을 제쳐놓고 이 편지만 곱씹고 있다. 도시는 한동안 시끄럽다가도 내가 편지를 읽을 시간이 되면 라디오를 끈 듯 한없이, 그리고 기꺼이 침묵해주곤 하였다.

"잘 있죠? 편지들."

김진호는 마치 헤어진 애인의 안부를 묻는 군인처럼 물었다. 그의 질문이 왠지 가소롭게 느껴졌다.

"어."

나는 거짓말로 대답했다.

"잘 보관해주세요, 상하지 않게."

김진호는 마치 헤어진 애인의 새 남자에게 말하는 것 같았다.

"걱정, 아니 상관하지 마라."

나는 하루에도 여러 번씩 편지를 읽고, 또 읽었다. 나의 눈길과 손길이 닿지 않은 곳이 털끝만치도 없었다. 난 털끝만큼도 그렇게는 허용할 수가 없었으니까! 편지들은 그 사건이 있던 1년 전보다 더 많이 바래고, 구겨지고, 상해 있었다. 그 편지들은 그럴 수밖에 없는 운명을 타고났다. 예술 작품이 되기 위해 끊임없이 갈고 닦이는 중이었다. 그것들은 이제 나의 이야기이자, 나의 손길이 묻은 나의 편지들이 되었다. 이젠 아무에게도 그것을 내어줄 수 없었다. 처음 내 손에 들어 왔을 때 이 편지들이 가지고 있던 비릿하면서도 역겹고 슬픈 냄새가 이미 뚜껑을 열어 놓은 향수처럼 다 날아가고 없어진 지 오래였다. 하긴, 내가 처음 이 편지들을 가질 때부터 그것들의 비릿함은 조금 날아간 후였지만.

"언젠가 시간이 좀 지나면요, 다시 읽어보고 싶거든요. 그러니까 형사님이 잘 가지고 계셔 주셔야 해요."

김진호는 마치 헤어진 애인의 새 남자에게, 이 말을 전하려고 용기 낸 사람처럼 말했다.

"끊어, 이 씨발 놈아."

나도 모르게 욕이 튀어나왔다.

'……!'

그런데 이 기분은 뭐지? 마치 1년 만에 양치를 한 듯 입안이 개운했다! 아, 그러고 보니 1년 만에 욕을 했구나!

왜 김진호는 가만있는 나와 몽정의 편지 사이를 방해하는 것일까. 편지에는 등장하지도 않는 엑스트라 주제에 불과한 김진호가 끼어들자 난 몹시 불쾌함을 느꼈다. 난 그 덕분에 욕을 했고, 개운해진 나의 입 때문에 온몸에 소름이 돋았다. 그제야 정신을 차릴 수 있었다. 이 편지들은 나의 삶을 망가뜨리고 있었다. 문득 그런 생각이 들었다.

'1년 동안 난 뭘 한 거지?'

이 편지들은 내 허파에 바람만 잔뜩 들게 했다. 그런 나는 환상에 부풀 만큼 부풀어 나 스스로를 가두고 망쳐버린 것이다! 다 저 요망한 편지들이 날 그렇게 만든 것이었다. 갑자기 너무도 화가 나서 큰 소리로 욕을 마구 뱉어냈다. 한 시간쯤 그렇게 욕을 한 것 같다. 목이 다 갈라져서 아무 말도 할 수 없었다. 그리고 깨닫게 되었다.

'처음부터 내 것이 아니었다.'

나 역시도 그것을 훔친 자이니까.

그렇다. 이제 편지들을 불태워 저 멀리 진짜 수취인에게 전해주어야 할 시간들이 다가오고 있는 것이다. 그래서 나는 어젯밤 마지막으로 한 번 더 편지들을 읽었다. 사실 거의 외우다시피 했지만, 글씨체가 전해주는 그 촌스럽고 우울하고 비리고 을씨년스러운 느낌들을 하나하나 내 머릿속에 담아두기란 1년의 시간은 역부족이었다.

이 편지들을 수취인에게 전해주기 위해선 당연히 그 장소로 가야 했다.

'얼마나 변했을까?'

처음 그 현장, 그러니까 그 집에 갔을 때와는 다르게 밝고 따뜻해졌으려나 싶었다. 아마 그러면 나는 몹시 슬퍼질지도 모른다. 그러나 나는 금세 그것이 아주 쓸데없는 걱정이라는 생각이 들었다. 그곳은 아무래도 그럴 수가 없는 곳이었고, 그래서도 안 되는 곳이다. 그 집에 살고 있을 사람에게는 미안하지만, 그 집에서 절대 행복해서는 안 되니까!

거리로 나와 쇼윈도에 비친 나의 모습을 바라보았다. 나는 정말로, 십수 년 만에 사회에 갓 나온 수감자처럼 머리와 수염은 덥수룩했다. 신체는 비틀어 짜도 물 한 컵 나오지 않을 듯 말라 있었다. 길거리에 지나다니는 사람들 모두, 내가 예전에 형사였다는 사실은 눈곱만큼도 상상할 수 없었을 것이다.

첫 번째 편지

H에게.

안녕하세요. 잘 지내고 있나요?

벌써 얼굴을 못 본 지 반년이나 지났네요. 그렇다면 아마 이 편지를 받게 될 사람은 H 당신이 아닐지도 모르겠네요. 우편함 속 우편물 수취인 이름은 H가 맞던데……. 그래도 혹시나 그새 이사를 했을 수도 있으니까요. 이 동네가 그렇잖아요. 철새처럼, 계절의 흐름에 밀려나듯이.

아, 제가 누군지 궁금하실 거예요. 9개월전쯤, 그러니까 작년 연말에 당신과 아주 잠시 마주쳤던 남자라고 해두죠. 그런데 무슨 용건이냐고요? 혹시 지금 무서워서 경찰에 신고를 하려거나 그런 생각이라면 그만둬요. 안심해도 좋아요. 전 절대로 당신에게 관심이 있거나 나쁜 생각이 있어서 이런 편지를 하는 것이 아닙니다.

이건 정말 온전히 저 스스로를 위한 편지예요. 저 스스로 너무도 고통받고 있기 때문에 조금이라도 이 고통을 덜기 위하여 당신을 이용하는 겁니다. 그러니 당신이 이 편지를 읽어도 좋고, 읽지 않아도 좋습니다. 답장을 받게 된다면 더 말할 나위 없이 좋겠지만! (혹시나 그럴 생각이 있다면 우편함에 두세요. 알아서 찾아가겠습니다.) …… 아니라도 상관은 없어요. 아니, 오히려 앞으로 제 편지의 내용이 거짓이라고 생각하거나, 장난치지 말라는 말을 할 거면 그냥 답장이고 뭐고 하지 마세요.

저라는 사람으로 말씀드리자면 말입니다 그러니까, H 당신이 이 집에 이사 오기 전에 살던 Y의 남자 친구입니다. 그래요! 한마디로 그 집에 뻔질나게 드나들던 사람이란 말이지요. 어떤가요? 이제 좀 친근한 느낌이 드나요? 아니면 여전히 거북스럽나요? 뭐 아무려면 어때요. 난 당신의 의견 따윈 중요하지 않으니까.

얼마 전 장마는 잘 지냈는지요. 다행히 올해 여름은 비는 많이 오지 않았네요. 장마철이나 비가 오면 그 집 참 어둡고 음침하죠. 반지하라 햇빛도 잘 들지 않는 데다, 빗방울이 바닥을 때리면 그 소리가 방 안 가득 울려 퍼지고는 하죠. 곰팡내가 심해서 호흡기가 약한 Y는 고생 좀 했답니다. 작년 여름에는 장마가 참

지독했는데! 당신은 행운인 줄 아세요.

내가 하루빨리 성공해서 Y를 그 지하 동굴에서 꺼내주겠다고 그렇게 약속했었죠. 나도 내가 참 속물 같다고 느껴질 때가 있습니다. Y를 데리고 모텔을 가는 돈도 아까워서, 굳이(당신이 지금 살고 있는) Y의 집에서 함께 있곤 했던 건데 그런 약속을 하다니 말이에요.

당신이 숨 쉬고, 먹고, 자고, 씻고, 가끔은 남자를 끌어들여 사랑을 나누고, 지금은 이 편지를 읽고 있을 그 공간은 저와 Y가 살아 숨 쉬던 공간이었습니다, 저희가 사랑을 나누던 유일한 공간이자, 살아 있음을 느끼던 유일한 공간이었다구요.

네, 이제야 제가 기억이 나시겠죠? 맞아요. 크리스마스에 제가 그 집 벨을 눌렀고, Y를 찾았죠. 당신은 여긴 당신의 집이라고 말했고, 저는 혹시 당신이 Y의 친구냐며 숨겨줄 생각하지 말라고 윽박질렀었죠.

그때 많이 당황했다면 정말 미안해요. 크리스마스에 집에 있는 것도 우울했을 텐데……! 저는 그 집에 Y가 있을 줄 알았어요. 정말로 그날 너무 보고 싶었고, 너무 화가 나서 어쩌면 그녀를 죽이려고 했을지도 모르겠어요.

어렴풋한 기억이지만, 지레 겁을 먹은 당신의 표정이 생각나요. Y보다 약간 통통한 체구, Y보다 키가 손가락 마디 하나 더 큰

168 정도 키에 동그란 눈에 얇은 눈썹을 가진, 쇄골 정도 길이의 조금 푸석한 밤색 생머리. 그리고 흰 어깨를 둘러싼 올이 굵은 밤색 니트 카디건. 어때요? 이 정도면 훌륭하지 않나요?

그리고 그런 당신이 그 좁은 집을 거닐 것을 상상합니다. 페디큐어는 내 맘대로 핑크색이라고 생각할래요. 당신은 그런 화려한 색이 잘 어울릴 것 같습니다. (Y는 늘 빨간색이었습니다.) 발은 키에 비해 작고, 발가락은 길 것 같군요. (맞나요? 아니라도 상관은 없지만) 화장실로 들어가서 변기에 볼일을 보고, 세면대로 다가와 양치를 하고, 세수를 하고…… 다시 변기 쪽 수건걸이에 걸린 수건으로 얼굴의 물기를 닦고 화장실에서 나오면 문 오른쪽에 있는 스위치를 누르고 고개를 왼쪽으로 돌리면 여자 걸음으로 하나, 둘, 그러면 안방.

곳곳에 우리 추억이, 우리 사랑의 온기가 아직 그대로 남아 있을 텐데. 그게 그렇게 쉽게 사라져 버릴 가벼운 게 아니거든요. 한번은 겨울에, 그 화장실 세면대에서 거울에 김이 서릴 정도로 사랑을 나눈 적도 있었는데…….

내가 Y에게 다가가면 Y는 고양이처럼 쑥스럽다는 듯 벽을 파고들기 일쑤였어요. 그 집 벽 하나하나, 구석구석. 내가 그녀를 탐닉하듯 구석구석. 일종의 우리만의 어떤 관례였어요. Y는 늘 못 이기는 척 굴다가 나를 받아주었으니까요.

그게 Y의 문제였는지도 몰라요. 사실 Y는 섹스에, 사랑에, 삶에 누구보다 열정적이고 진지한 여자였어요. 그러나 표현할 줄을 몰랐고 어색해하고 부끄러워했어요. 사람들은 그녀의 가슴 안에 뜨거운 불씨를 몰라주고 뭐든 소극적이고 무관심한 사람인 줄 안 거예요. Y는 얼마나 답답했을까요?

뒤에서는 누구보다 연습도 많이 하고서는 정작, 오디션 장에 가서는 긴장되어 아무것도 할 줄 모르는 배우 지망생 같았어요. 손을 어떻게 쓸 지도, 목소리를 어떻게 낼지도 모르는 사람처럼 말이죠. 본인은 정작 심사위원들 앞에서 보여준 게 없으니 떨어져도 속상한 티를 못 냈죠. 그래도 나처럼 편한 사람 앞에서는 그 괴로움이 터져 나왔습니다. 나는 그게 나만의 특권인 것 같고, 감투라도 쓴 마냥 뿌듯했답니다.

내가 이런 사람이다, 라고 말하지 않으면 모르는 시대가 되어버렸어요. 타인의 기분을, 취향을 배려하지도 않고 별로 궁금해하지 않아요. Y는 너무 힘들었을 거예요. 자기의 불씨를 알아주는 사람이 나로는 부족했던 걸까요? 하긴, 그녀는 날 별로 사랑하지 않았으니까요.

그래서 Y는 삶을 포기한 걸 거예요.

2013. 8. 27

두 번째 편지

(겁먹었을) H에게.

후회됩니다.

첫 번째 편지를 보내고 이틀이라는 시간이 흐르는 동안 난 2년이나 늙은 것 같습니다. 왜 편지를 써서 보냈을까 정말 많이 후회했습니다. 그 편지를 쓰고, 옷을 걸치고 나가 당신의 집, 아니 나와 그녀가 살던 집까지 가서 우편함에 넣기까지 주변에 어떤 자극이 있었는지, 날씨는 어떠했는지, 시간은 몇 시였는지 아무런 기억도 나지 않습니다. 그냥 미친 듯이 써내려 갔습니다. 다만, 확신할 수 있었던 것은 난 펜 자루를 아주 꽉 쥐었고, 펜 아랫도리에서 내가 움직이는 대로 까만 액체가 흘렀습니다. 남몰래, Y를 떠올리며 자위하듯 말입니다. Y가 떠나고 난 후 노인의 것과 같이 시들어버린 내 아랫도리가, 편지를 쓰는 동안 다시 생명

력을 얻고 그것들을 배출했는지도 모르겠습니다.

미안합니다.

나와 그녀의 폭력적인 연애의 결말에 당신을 수동적으로 끼워 넣었으니까요. 나는 어쩌면 당신을 조금 사랑하는지도 모르겠습니다. 아니, 조금 사랑하는 것은 이 세상에 없습니다. 사랑하거나, 사랑하지 않거나 둘 중 하나겠지요? 그럼 아직은 사랑하지 않습니다. 잠시나마 그런 착각을 한 이유는 당신은 내가 Y 이후에 알게 된 유일한 여자이며, Y와 같은 환경적 고통을 겪을 테니 말이죠. 그것에 대한 동정심입니다. 누군가는 말하겠지요. 동정과 사랑을 착각하지 말라고.

그런데 어느 순간, 상대방이 어떤 이유로 힘들어하는 것을 보면서 내가 그 사람보다 더 아파진다면 그건 사랑이라고 생각합니다. 나는 매 순간 늘 Y 때문에 가슴이 아팠답니다. 아프기만 했지, 정작 아무것도 하지 못해서 결국 난 그녀가 떠나가고 나서야 이렇게 몽정을 하듯 그녀를 떠올리며 편지나 쓰고 있지만 말입니다.

당신의 피부도 약한 편입니까? Y는 피부가 아주 얇은 여자였어요. 마치 그 습자지 같은 피부 안에 모든 생명 유지 장치를 다 채워 넣은 느낌이었어요. 내가 조금만 힘을 주어 그녀를 움켜쥐거나 목덜미를 빨면, 금방이라도 터져 나올 듯 그 연둣빛 핏줄은

팔딱팔딱 뛰었습니다. 금세 빨개진 그녀의 피부에 무언가 나의 흔적을 남긴다는 것에 난 희열을 느꼈습니다. 물론 그녀는 아프다며 싫어했지만요.

그 집 침실은 365일 24시간 내내 어두워서 밖에 해가 쨍쨍한지, 우중충한지 알기 어렵지요. 그래서 사실 나와 Y에게는 서로에게 집중하기 좋은 시간이었습니다. 그저 세상을 바삐 사는 사람들의 정신없는 발걸음 소리만 초침처럼 흘러갈 뿐이었죠. 그 밑에서 우리는 서로만을 시계 삼아 움직였습니다. 서로의 몸이 해와 달, 우주였습니다. 우리는 우주의 흐름대로 움직였습니다. 시간은 그저 흘러갈 뿐, 철저하게 분리된 우리만의 세계였어요. 어쩌면 난 그 안에 Y를 가두고 싶었는지도 몰라요. 왜 내 여자를 다른 사람들이 만든 바보 같은 시계 속에서 팽이처럼 굴려야 하지요?

Y는 실종된 지 약 10일 만에 차가워진 시체로 발견되었습니다. 제발 좀 일어나보라고, 설마 죽은 게 아닐 거라고, 당장 일어나지 않으면 정말 목을 졸라 버릴 거라고 말하기에— 그녀는 너무나도 차갑고 딱딱해져 있었습니다.

그녀는 스스로 자살했습니다.

장례식 내내 상주 노릇도 자청해서 했습니다만, 와주는 조문객도 별로 없었습니다. 게다가 장례식 내내 폭설이 내려, 가뜩이나 몇 없는 친척도 다 오질 못했더랍니다. 치운다고 치운 눈이 발목까지 쌓여 있었습니다. 장례식장을 지키다 담배를 피우러 밖에 나와 도로를 다니는 차들을 바라보며 생각했습니다.

'누군가는 이 험한 눈발을 헤치며 누군가를 만나러 가려 애쓰는데……. Y의 마지막을 보러 와주는 이는 이렇게 없구나. 정말 마지막인데.'

가는 길까지 참 쓸쓸하고 을씨년스러운 Y였습니다. 그녀의 제일 친한 친구인 M마저 오지 않았습니다.

집주인은 석 달이나 월세가 밀린 상태에서 갑자기 방을 빼겠다는 Y의 연락을 받았다고 합니다. 안 그래도 골머리를 앓던 집주인은 차라리 잘되었다 싶었나 봅니다. 대신 그녀가 쓰던 가구는 모두 두고 가라고 한 모양이에요. Y는 흔쾌히 알았다고 했답니다. 그리고 일주일도 채 되지 않아 당신이 이사 온 거죠. Y가 죽었다는 소식을 들은 집주인이 어머니를 먼저 보러 온 모양이에요. 그리고는 짐 정리할 때 남은 거라며 겨우 코트 두 벌과 신발 한 켤레를 건네주었다고 하더군요. 그나마 비싸 보여서 빼놓은 것이라며, 혹시 찾으러 올지 몰라 갖고 있었다는 궁색한 변명을 늘어놓으며.

"그때 그 사람도 그게 유품이 될 줄 알았더라면, 휴짓조각 하나까지 함부로 했겠니?"

어머니 말씀에 난 아무 말도 할 수 없었습니다.

"너무 개볍더라."

"무엇이 말입니까?"

"죽은 Y의 몸도 먹은 게 없어 그런지 깃털 같더니만, 살림도 별로 없더라. 너무 개벼워, 너무 개벼웠어……. "

"죄송합니다."

"너를 꾸짖으려는 게 아니다……."

Y는 예전부터 준비를 해왔던 걸까요? 천상병 시인의 시처럼, 그저 이 세상 소풍처럼 왔다 가려고 그렇게 짐 없이 왔다 간 거냐는 말입니다.

"내일이라도 가보고 싶습니다만……."

"이미 들어온 사람이 있지 않니."

어머니는 슬프게 말씀하셨습니다.

"네, 저도 한 번 우연히 마주친 적이 있어요."

당신입니다.

"참, 서글프구나."

나와 같은 생각을 하시는 것 같았습니다.

"그 아이가 혼자 나가서 저리 살지 않고 짧디 짧은 생, 나와 함께 살다 갔다면 말이다……. 그 아이 방을 계속 두었을 거다. 흔적이라도 내비두게. 그 아이가 베고 자던 베게, 이것저것 묻혔던 이불, 방바닥에 흘린 머리카락, 손길이 묻은 옷장, 그 아이 옷이 걸린 옷걸이 하나하나 말이다. 근데 다른 사람에게 그 공간을 내어주어야 한다니……. 하나밖에 없는 내 새끼가 숨 쉬었던 곳이고, 그 아이 냄새가 나는 하나뿐인 공간을……! 다른 사람에게 내어주어야 한다니, 서럽구나."

역시나 나와 같은 생각이셨지요.

이럴 땐 당신이 밉습니다. 그녀의 냄새와 소리, 모든 것을 문신처럼 새겨둘 수 있으면 참 좋으련만. 못된 당신은 우리가 추억할 공간을 빼앗아버렸습니다. 그 집에 아직 남아 있는 것이라고는, 반지하 화장실 그보다 깊은 하수구에 축축이 젖어 엉킨 그녀의 머리카락뿐이겠지요?

가여운 당신은 세상에 상처받지 아니하고, 아니 상처 안 받을 수는 없겠지만……. 억세져서 Y와 같은 결정을 하는 일이 없길 바랍니다. 혹시나 그런 상황이 생길 것 같다면 본집에 들어가세요. 남은 사람들이 당신을 추억할 수 있도록 배려해 주세요. 급작스럽게 떠나더라도, 추억할 거리 몇 개쯤은 만들어두고 가라는 말입니다.

올 여름은 비도 많이 오지 않습니다. 태양이 히틀러인 양 제 세상을 만나 온 도시를 지배하고 있습니다. 밤이 되어 조금이나마 태양이 모습을 감추려나 싶으면 구름이 자신을 가릴세라, 몇 시간도 안 되어 그 악마 같은 울그락불그락한 얼굴을 드러냅니다. 마치 나는 우울할 권리도 없다는 사람 취급받는 것 같습니다. 비라도 오면 비를 핑계 삼아 우울감에 젖어볼 텐데 뜨거운 이 도시에서 우울한 표정이 짙은 나는, 철저히 외롭게 소외되어 버립니다. 이 여름은 내게 너무 힘이 듭니다. 그녀가 내게 벌을 주는 걸까요? 이럴 땐 해도 달도 없던 그 집으로 피난해 버리고 싶습니다. 그러나 당신이 놀랄까봐 엄청 참고 있는 겁니다. 이것 봐요- 난 당신을 배려하고 있다고요.

그러니 내 편지를 읽는 당신은 나의 우울함에 조금이나마 동조해주길 바랍니다.

2013. 8. 30

세 번째 편지

H에게.

너무 하십니다.

주말이 지나는 동안, 당신은 내게 답장을 쓸 조금의 시간조차 내지 않았다니 말입니다. 두 번째 편지를 보낸 지 며칠이 흘렀습니다. 나는 내심 기대했거든요. 그 집에 사는 사람이라면, 사랑을 잃은 자에 대한 일말의 동정심이라도 남아 있지 않을까, 그 집에서 나와 Y의 기운을 느끼고 있지 않을까 싶었어요.

사실, 어젯밤 그 집 앞에 찾아갔었습니다. 혹시나 당신의 답장이 있지 않을까 하고요. Y를 만나러 갈 때처럼 조금 떨렸습니다. 그러나 역시 우편함은 텅 비어 있었습니다. 텅 비고 녹슨 우편함이 내 마음 같았습니다. 첫 편지를 보낼 때, 답장이 오지 않아도 상관없다는 마음은 여름 더위와 함께 온데간데없이 사라졌습니다. 난 이 편지 쓰기에 조금 더 진지해지고 있습니다.

나는 주말 동안 청소를 했습니다. 환기를 시키려고 창문을 열었습니다. 창문틀에 기다리고 있던 가을이 내 방안으로 들어왔습니다. 참으로 반가웠습니다. 찐득하던 공기는 온데간데없이 뽀송했습니다. 심지어 가을바람이 불어 내 입꼬리를 밀어 미소를 만들더랍니다.

거울에 비친 내 모습을 보니, 참으로 우스웠습니다. 내 얼굴에 '웃는 근육'은 Y와 함께 죽어버린 줄로만 알았거든요. 그래서 마치 그 가을바람이 Y처럼 느껴졌습니다. 차갑고, 부드럽고, 여리고, 날 웃게 하는 것이 그녀와 어쩜 그리 똑같았을까요?

그러고 보니 참 닮은 것이 많군요. 잠시 후면 이 가을은 을씨년스러워질 것이며, 곧 저 멀리 사라지겠죠. 그녀의 결말처럼 말이에요.

'Y 네가 살던 집을 잃으니, 갈 곳이 없어 이곳을 찾아왔구나.'

Y는 그런 말을 달고 살았습니다.

"사는 게 너무 피곤해." 나는 늘 무엇이 그리 피곤하느냐 물었습니다.

나는 그녀가 어리다고 해서, 삶의 무게도 어리다고 생각하지 않았습니다. 사람마다 감당할 수 있는 무게가 다르니까요. 게다가 그녀는 내가 아는 그 누구보다 삶에 대하여 진지한 사람이었습니다.

"사람들은 하고 싶은 것 한 가지를 하기 위해서, 하기 싫은 일을 백 가지 해야 한다고 말하잖아."

"응, 그렇다고 하더라."

난 대답했습니다.

"나는 백 가지를 감당할 만큼 하고 싶은 일이 없어. 내가 이상한 건가? 그냥 엄청 하고 싶은 일 하나를 위해 백 가지를 희생할 게 아니라, 조금만 하고 싶은 일 스무 개를 하며 살고 싶은데, 그것도 힘이 드네. 아, 사는 건 왜 이렇게 피곤한 거야?"

그녀의 말도 일리가 있었습니다. 그렇게 말하며, 담뱃재를 떠는 그녀의 손가락은 마치 몇 밀리그램도 되지 않는 재를 떠는 것이 아니라 몇 톤짜리 한숨을 떨어내는 것 같았습니다. 뿌연 연기가 그 집 방 안을 가득 채웠습니다. 그녀는 일어서서, 냉장고에서 맥주 캔을 꺼내 와서는 내게 건넸습니다. 그러면서 내게 물었습니다.

"당신은 그런 일이 있어? 백 가지를 희생할 만큼, 정말 하고 싶은 한 가지."

"백 가지는 아니더라도……. 그런 일이 있긴 하지. 하고 있어 지금도."

"정말? 난 몰랐는데. 나만큼 게으른 줄 알았어. 그 일이 뭔데?"

Y는 호기심 어린 눈으로 나를 바라보며 물었습니다. 난 쑥스러웠지만 곧 입을 열어서 천천히 대답했습니다.

"난 너와 함께 하고 싶은 것들을 위해 돈을 벌지."

그러자 Y가 까르르 웃음을 터뜨렸습니다. 나는 당황스러웠습니다. 나는 진심이었거든요. 한 가지 일을 꾸준히 못해 내는 내 성격에, 흥미도 없는 직장을 이렇게 꾸역꾸역 다니는 것은 온전히 그녀와 아름다운 추억을 만들기 위해 필요한 어느 정도의 돈 때문이었으니까요. 더 앞서 나아가, 그녀와 나의 미래를 위하여.

"왜 그렇게 웃어? 난 진심이라구."

"감동해서 그래. 정말이야……. 너무 행복해서. 나한테 그렇게 말해주는 사람 처음이야."

그리고는 당황스러운 표정이 가시지 않은 내 뒤에 와서 그 가느다란 팔로 날 꼬옥 안아 주었습니다.

……그렇게 감동했으면, 가지 말지. 나는 그녀가 떠나간 뒤 아무 일도 하지 않고 있습니다. 이유를 잃어버렸으니까요.

당신은 무엇을 위하여 일을 합니까? 무엇을 위하여 돈을 법니까? 무엇을 위하여 이 피곤한 삶의 무게를 감당해내고 있나요? 당신의 원동력은 무엇인가요? 사람들이 말하는 대로, 그들이 맞다고 하는 삶대로 살아야 한다는 압박감 때문은 아닌지요?

당신이 거기에 따른다면 아마 훌륭한 시민이 될지도 모릅니다. 그러나 난 당신이 그 집에 사는 사람이라면 최소한, 훌륭한 시민과 행복한 사람을 구분하길 바랍니다. 탄탄한 직장을 다니며 세금을 내고, 남부럽지 않은 차를 타고, 자식을 끝까지 책임지고 양육하고, 성실히 납부하여 신용등급을 높이고, 주변의 부러운 시선을 받고 동경하게 만드는 것은 훌륭한 시민입니다. 사회는 마치 그들에게 포상하듯, 물질적으로 조금 더 상위에 있는 것들을 누리게 해줍니다. 그것도 잠시- 조금 더 위에 있는 것들, 비싸고 화려해 보이는 것들을 갈망하게 만듭니다. 조금 더, 조금 더 힘을 내! 그럼 너도 이 위에 올라올 수 있어! 지금 네가 있는 자릴 내려다볼 수 있다고! 그러나 그러한 욕망은 끝이 없으며 환상일 뿐이에요. 욕망의 대상은 단지 위치만 위에 있을 뿐, 당신이 가진 것보다 더 나은 것이라고 장담할 수 없어요. 마치 세계지도 같은 거라고요.

아, 물론 훌륭한 시민과 행복한 사람 둘 다 가능한 멋진 삶도 존재하죠! 자신의 재능을 일찍이 깨닫고 노력해서 자아실현을 한 사람들의 삶이 그렇다고 할 수 있죠. 그러나 어쩌면 자아실현, 그러니까 이루고 싶은 꿈이 없는 사람도 있을 거란 말입니다. 강신주라는 철학자가 그런 말을 했더군요. 꿈은 위험한 것이라고요. 꿈은 가지는 순간, 이루어야지만 직성이 풀리는 것이라고 말이죠. 그래서 어쩌면 나약한 사람에게는 꿈이 없는 것이 더 나을 수도 있다는 것입니다.

그러나 우리 사회는 꿈, 곧 직업을 가지라고 말합니다. 직업이 있어야 돈들을 벌 테니까요. 꿈이 없는 사람들은 '남들처럼 살게'끔 만들려고 합니다. 사회적인 동물들의 습성을 이용해서 조바심이 나게 하려는 거예요. 그렇게 한 평생 시민으로 살아온 사

람은 아주 지루합니다. 성취감, 그게 뭘까요? 죽기 전에,

'오! 집 대출금을 갚느라 30년이 걸렸어. 난 내 명의의 아파트가 한 채 있지. 이제 이 집을 자식에게 물려줄 수 있겠군. 난 정말 훌륭한 부모였어.' 정도?

당신이 어떤 삶을 택하던 당신의 자유입니다. 난 단지 당신이 그 낭만적인 집에 사는 사람이라면 이 정도는 알아두어야 한다고 생각하는 겁니다. 시민을 잘 컨트롤하기 위해 만들어진 이 제도 안에서 조금 엇나가면 어때요. 당신은 당신 스스로 그 제도를 선택하지 않았고, 보호해 달라고 말하지 않았습니다. 제도와 시민은 서로 선택하지 않았지만 정해진 운명 같은 겁니다. 최소한의 예의쯤은 지켜줘야겠죠.

이것을 알지 못하는 사람들은 타인과 다른 자신의 삶을 틀렸다고 생각하고 우울해합니다. 그 세계에서 벗어났다고 느끼면 말이죠. 사실 난 조금 비슷한 심정이기도 합니다. 내가 속한 단 하나의 세계이자 우주였던 Y를 벗어났으니까요. 마치 돌아오지 못하는 스푸트니크호처럼 정처 없이 우주를 떠돌 뿐. 난 제도 아래 훌륭한 시민은 아니지만 그래도 돈을 버는 목적은 확실했기 때문에 행복했답니다. 그녀와의 행복한 시간들을 위해서 말이지요! 당신 역시 후회 없이 살길 바랍니다. 남들에게 보여주기 위해서가 아니라, 당신 스스로의 행복을 위하여 살길 바랍니다.

당신은 궁금해 할 겁니다. 왜 Y의 이야기를 H 당신에게 하는

지 말이죠. 친구들을 만나 이야기를 하면 될 것이지, 왜 굳이 당신에게 이런 이야기를 하는 지! (그 집에 산다는 것으로 이미 충분히 설명이 되었을 것 같긴 하지만 – 그래도 혹시나 납득이 가지 않을까 봐 노파심에.)

내 친구들은 여자 친구가 생겼냐며 한번 보여 달라고 졸라댔습니다. 친구들과 함께 술자리를 가진 날, 나는 이 자식들한테 무척이나 화가 났습니다. Y가 관심도 없는, 야구나 게임 그리고 뭇 여자들 얘기……. 자기들이 좋아하는 얘기만 늘어놓았습니다.

고작 22살의 Y는 표정 관리가 안 되었습니다. 그런 불필요한 사회성은 갖추지 못한 채 순진하기만 했으니까요. 나는 그런 순진한 Y가 좋았습니다. 그러나 지루한 표정이 역력한 그녀가 친구들은 아니꼬웠나 봅니다.

"Y씨 많이 피곤한가 보네. 자고 싶은가 보다, 빨리."

"그러게, 빨리 자–고 싶은가 봐. 크크큭."

비열하고 사회적인 자식들. 나는 그녀에게 너무 부끄러웠습니다. 나도 어디가면 저러는 남자로 보일까 봐서요. 그리고 이런 사회 틈바구니에서 더욱더 그녀를 보호해 주고 싶었습니다. 내가 없을 때 어디 가서 저런 조롱을 받으면 누가 그녀를 감싸주나요?

아마, 친구들에게 Y가 죽은 것을 이야기한다면 나를 위로하긴 하겠지요. 그러나 나와 Y가 서로 얼마나 사랑했는지, 그 사랑의 무게를 절대 이해하지 못할 그 자식들에게 이런 소중한 이야기를 하기가 너무 아깝고 싫습니다.

Y와 안면이 있는 그들은, '그래, 걔 좀 이상하더라 (혹은 '특이하더라). 네 잘못이 아니야. 원래 그렇게 될 년이었을 걸?' 이라고 이야기하며 나에게 위로를 가장한 폭력을 행사할 것이 뻔합니다. 남자들이 그렇고, 특히나 그 비열하고 사회적인 자식들이라면 더욱 뻔할 뻔자입니다. 그 자식들은 진짜 사랑을 해보기나 한 걸까요?

오히려 아무것도 모르는 당신에게 이런 이야기를 하기 쉬운 겁니다. 당신은 오로지 내가 말하는 Y만 알 테고, 게다가 당신은 내가 하는 이야기를 듣기에 아주 최적의 장소에 있으니 말이지요. 당신은 막이 오른 연극 무대 극장에 유일한 관객으로 앉아 있는 겁니다. 당신은 이 연극이 끝날 때까지 도망가지 못합니다. 내가 극장 문을 잠가 두었거든요.

사람의 말이 비루하기 짝이 없어, 어떠한 단어를 써도 나의 모든 감정을, 우리의 사랑을 표현하기가 힘이 듭니다.

솔직히 내가 30년을 살았으니, 여자를 아주 안 만났다고는 할 수 없습니다. Y 이전에도 잔 여자가 여럿, 아니 사실 수두룩하게 (여럿-이란 말로 잠시나마 솔직하지 못해 미안합니다. 난 당신에게 쓰는 편지에는 온전히 진심만 담고자 했는데, 제길!) 있었습니다만, 그녀가 내 첫사랑임이 확실합니다. (진짜예요.)

다른 여자를 가졌을 때와, Y를 가졌을 때의 느낌은 확연히 달랐거든요. 그 전까지는 가짜 섹스를 해왔던 거라고, 나의 과거 전체를 부정할 수도 있습니다! 다른 여자 앞에서 발기된 적이 수두룩했던 나의 바보같은 페니스를 호되게 때려주고 싶을 정도로요. 처음 그 집에서 Y와 섹스를 하고 난 뒤, 나는 화장실로 가서 거울을 바라보았습니다.

'이 하찮은 내가, 저 어리고 순진한 악마와 섹스를 했다.'

그리고 한참 동안이나 거울에서 눈을 뗄 수가 없었습니다. 손으로 내 페니스를 감싸 쥐었습니다. 아직 그녀의 온기가 내 페니스를 감돌고 있었고 난 손으로 그것을 느꼈습니다.

Y는 참 대단한 여자였습니다. 웬만큼 여자를 다 안다고 생각했고, 어느 정도 섹스를 안다고 생각했고, 이 정도면 어른이라 생각한 내가 얼마나 바보 같고 어렸는지 알게 했으니 말이지요. 이별이 이렇게 힘들고 오래 걸리고 비인간적인 행위인지 역시 알게 합니다.

날씨가 차가워지니, 더 그립습니다. 내 겨드랑이를 파고들던 그녀의 쎄에-쎄에- 흐르던 간지럽고 따뜻한 숨소리……. 따뜻했던 그녀의 다리 사이.

이제는 차가워진 그녀가, 바람이 되어 마른 내 어깨를 감싸줍니다.

그 집은 바람을 느끼기에 너무 낮은 위치에 있지만……. 당신도 창문을 열고 이 가을을, 그녀의 기운을 느껴보길 바랍니다. 그녀는 기다렸다는 듯 그 집 안을 파고들 것입니다.

네, 거봐요.

2013. 9. 4

네 번째 편지

H에게.

환절기가 오나 봅니다. 나는 미세하게까지 그것을 느낍니다. 환절기엔 늘 알레르기 때문에 콧등이 간지러워 고생을 하거든요. 참을 수 없을 정도로 가벼운 고것들에게 호되게 혼이 나곤 했지요. 그래도 그 전엔…… 콧등보다 가슴이 간지러웠던 것 같은데. Y 때문에 말이지요.

그러니까 아마 재작년 가을쯤이었을 겁니다. 나의 기념비적인 사랑이 시작된 그 계절! 아, 이맘때보다는 더 가을이 깊었겠군요.

나는 작은 인쇄소에 다니고 있었습니다. 사장님까지 겨우 직원이 7명인 작은 회사였어요. 돌싱인 나의 직장 사장님이 선을 보다가 드디어 상대를 만난 모양이었습니다. 평소 말로는 여잔 마음만 착하면 된다던 사장님이었지만, 새로 모실 사모님은 마음보다 얼굴이 예뻐 보이고 나이도 되게 젊어 보였습니다. 사장님은 사모님을 난초 다루듯 조심스러워 했습니다. 사모님은 당시 24살이라고 했습니다. (나의 사장님은 37살이었습니다.) 이렇게 말하긴 미안하지만, 나중에 사정을 더 알고 보니 거의 취집 수준이더라구요.

우리는 사장님과 새 사모님을 따라 평소에는 마시지도 않던 와인을 마시러 갔습니다. 그리 좋은 와인 바는 아니었습니다. 우리 회사엔 와인 바를 즐겨 찾는 사람이 없었으니까요. 경리 여직원이 인터넷으로 급하게 근처 와인 바를 검색해서 찾아냈었지요.

시장 골목 끄트머리, 외진 곳이었습니다. 1층에는 종합 화장품 가게가 있고 2층에는 당구장이 있는 낡은 베이지색 건물이었어요. 그 건물 현관에 '정통 WINE BAR – profondeur' 라는 자주색 원형 간판이 붙어 있었습니다.

"여기에요. 프로퐁……."

"히로뽕?" 우리 회사 여경리가 바 이름을 읽으려 하자, 남자 직원 하나가 끼어들어 유치한 말장난을 걸었습니다.

"프로–퐁두어–" 옆에 있던 사모는 멋을 내며 읽었습니다. 그러나 잘 모르는 내가 듣기에도 발음이 조금 어색해서 뭐랄까, 때가 잔뜩 낀 기름처럼 느껴졌습니다. 사모는 이런 내 마음을 아는지 모르는지 한껏 능청대는 태도로 여유롭게 말했습니다.

"깊이, 깊숙함? 뭐 이런 뜻의 불어예요. 심오함이라는 뜻도 있고. 여기 이름 굉장히 철학적이다, 프랑스적이고. 마음에 들어!"

사모는 마치 프랑스 시인의 시를 한 편 읽은 듯 감명받은 표정으로 그 자주색 간판을 바라보았습니다.

"아, 불어불문과 출신이야."

사장님이 사모의 어깨에 팔을 두르며 자랑스럽다는 듯 말하고는 가게 안으로 인도했습니다. 그 철학적이고 프랑스적인 와인바의 인테리어는 모던한 웨스턴바 같았고 레니 크라비츠의 음악이 흘렀습니다.

약간의 핑거푸드와 와인이 준비되자 모두들 쭈뼛거리는 눈치였습니다. 사모가 와인이 든 와인잔을 흔들다가 '렛츠 취얼스?(Let's cheers)'라고 먼저 제안하자, 어색해하던 직원들도 잔을 들고 소맥 마시듯 와인을 벌컥거리며 마시기 시작했습니다.

긴장이 풀린 내 직장 동료들은 사장의 구석구석을 찾아 칭찬하기 바빴지요. 사실 나쁘지도 좋지도 않고, 사장이라는 직책 빼곤 평범하기 이를 데 없는데도 말이죠. 점잖게 식사하는 태도를 보니 사장님은 좋은 집안에서 교육받고 자랐을 것이다, 라는 낯 뜨거운 추측성까지 보태서. 그런 것에 재능이 없는 나는 그저 '맞아, 맞아.'라며 맞장구만 칠뿐이었어요. 나는 당시 그저 저렇게 어린 여자가 왜 우리 사장 같은 남자랑 결혼하려 할까 그것만 궁금할 따름이었어요. 사장은 그들의 아부에 쑥스럽지만 기분이 나쁘지 않다는 듯한 표정으로 어린 사모의 반응을 살폈고, 그녀는 사장에 대한 칭찬보단 와인을 마시고 있는 본인의 모습에 심취한 듯 보였습니다.

첫 와인을 한 병 다 비우고 나자(사모가 고른 와인이었지만, 맛이 별로였습니다), 사장은 종업원을 불러 와인을 추천해 달라고 할 참이었습니다. 사모도 아무 말 없이 잠자코 있었습니다. 그러자 아주 어려 보이는 여자 종업원이 웃으며 다가왔습니다. 유니폼을 입었다기보다 유니폼 안에 들어가 있는 듯 아주 작았습니다. 이제 막 대학을 졸업한 사모보다도 훨씬 어려 보였습니다. 난 무슨 여고생이 와인 바에서 일을 하나 싶었어요.

"어떤 스타일의 와인을 원하세요?" 그녀가 물었습니다. 목소리는 꽤 성숙하더군요. 그러자 짓궂은 남자 직원이 취기 가득한 목소리로,

"스타일? 술에 무슨 스타일이 있어? 그냥 달고 맛있는 것을 줘!"라고 내뱉었습니다.

사모가 슬쩍 눈살을 찌푸리고 불쾌한 표정으로 그를 쏘아보았습니다.

"가벼운 거요? 아니면 과일 향이 많이 나는 것을 원하세요?" 종업원은 아랑곳하지 않은 채 상냥하게 물었습니다.

"가벼운 것? 와인에 가벼운 것도 있고 무거운 것도 있나요?" 평소에 말이 없던 내 입에서 그런 말이 튀어나온 건, 의도치 않았던 거였습니다.

종업원은 싱긋 웃으며, '알아서 가져다 드릴게요.' 하더군요. 그리고는 (나중에 알았지만) 피노누아 와인을 가져왔습니다. 참

맛있는 와인이었습니다. 사모의 취향보다 훨씬 좋았습니다. 종업원이 골라준 와인은 달고 가벼웠습니다. 아, 무겁고 가볍고라는 게 이런 차이구나, 싶었습니다. 그리고 저 종업원도 이 와인을 좋아할까 궁금했습니다.

와인을 마시다가 화장실을 가려던 나는 우연히 여자 화장실에서 담배를 피우고 있는 그녀를 발견했습니다. 나와 눈이 마주치자, 놀란 듯 문을 쾅 닫더군요. 담배를 피우는 폼이며 하는 행동이 마치 여고생 같았습니다.

취한 김에 오기가 발동한 나는 가랑이를 힘껏 모아 나의 생리적 욕구를 억누르며 그녀를 기다렸습니다. 몇 분이나 흘렀을까, 화장실 문이 열리고 자욱한 연기와 함께 그녀가 나왔습니다. '아직도 밖에 있었다니!' 하는 표정으로 그녀가 나를 보며 놀랐습니다. 당황스러운 표정이 역력한 그녀는 '실례하겠습니다.'하며 급하게 벗어나려 하더군요. 난 그녀를 붙잡아야 했습니다. 어떻게 참았는데……! 그 몇 분이 내겐 몇 시간 같았단 말이지요!

"와인 맛있더라고요." 나는 그녀 뒤통수에 대고 툭 말을 던졌습니다.

"아……."

이런! 그녀가 나를 돌아보더군요. 그리고는 나에게 조금 미안하다는 표정을 지어보였습니다. 그녀는 심성이 고운 여자임이 틀림없었지요.

"소믈리에…… 뭐 그런 건가요?"

나는 내가 무언가 프로퐁-두어-에 적합한 불어적인 단어로 질문을 했다는 것에 스스로 으쓱했습니다.

"그게……", 쭈뼛거리며 말했습니다.

"그런 건 아니고요. 그냥 종업원이에요. 한 시간에 5천 원짜리. 여기서 일하면 손님들이 남긴 와인을 맛볼 수 있거든요. 폼 나잖아요."

그리고는 이제 답변이 되었냐는 듯한 표정을 지으며 돌아섰습니다. 나는 망치로 머리를 얻어맞은 듯했습니다.

한 시간에 5천 원짜리…….

그녀는 마치 여고생처럼 그렇게 말했습니다. '영화계는 폼 나잖아요?'라고 말하는 배우지망생처럼, 그렇게 말했습니다. 순간 가랑이에 눌려 있던 나의 생리적 욕구 또한 멈췄습니다. 나의 오기가 쓸데없이 방정맞기 만한 오줌보처럼 부끄러워진 느낌이었습니다. 나는 당황한 기색을 조금 감추며 말을 이었습니다.

"이름이 참……. 철학적입니다. 포로퐁-두어-"

나는 아까 사모가 발음한 것을 떠올리며 나름 혀를 굴려보았습니다. 그녀가 다시 나를 돌아보고는 이렇게 말하더군요.

"포로퐁-두어-? 그렇게 읽는 거 아닌데. 뤄퐁둬- 예요."

나도 모르게 웃음이 나왔습니다. 자리로 돌아가니, 여전히 자기 모습에 심취한 사모의 모습이 보였습니다. 나는 계속 웃음이 삐져나왔습니다.

"도 대리 벌써 취했나? 들어가서 쉬어." 사장님이 말씀하셨습니다.

나는 종종 그 뭐퐁뭐, '깊숙함'과 '심오함'을 찾아가서 그녀에게 와인을 추천받았습니다. 그래봤자 보통은 3만 원에서 10만 원, 제일 비싼 샴페인이 15만 원 정도인 와인 바였습니다. 시장 안에 있는 와인 바라 잘 될 리가 만무했지요. 그 바 사장에게는 미안했지만 손님이 거의 없어서 더 좋았습니다. 사장은 레니 크라비츠의 열성팬인 것 같았습니다. 어느덧 나는 레니 크라비츠의 전곡 가사를 외울 정도가 되었습니다. 그때쯤, 나는 그녀가 레드와인을 좋아하는 것을 알게 되었어요. 나는 친구들과 가게 될 때도, 일부러 그녀를 위해 와인을 1/4 병 정도 남겨 두었습니다. 그렇게 얼마나 그곳에 갔을까요? 계산을 하려는데 그녀가 묻더군요.

"오늘도 남기셨나요?"

"네……."

"제가 추천해 드리는 와인이 입에 맞지 않으신가요?"

나는 당황스러웠습니다.

"매일 남기시니 여쭙는 거예요."

"그게 아니라……" 나는 눈을 질끈 감고 말했습니다. "좋아한다면서요, 와인. 맛보라고요."

Y는 놀란 표정이었습니다. 다행히 기분 나쁜 표정은 아니었습니다. 나는 한 번 더 용기 내서 물었습니다.

"실례가 안 된다면, 연락처를 알 수 있을까요?"

그녀가 웃자, 그제야 처음 퍼퐁뒤에 간 날부터 '깊숙'하게 내재되어 있던 꾹꾹 들어찬 오줌을 시원하게 갈군 느낌이었습니다!

나는 와인이나 혹은 레니 크라비츠의 음악이 좋아서 그곳을 간 게 아니었으니까요. 물론 묵직한 포도 향이 나쁘지 않았던 것은 사실이지만, 그곳에 가면 그녀를 볼 수 있다는 게 행복했고, 시간차는 있겠지만 우리가 서로 매일 같은 맛을 공유할 수 있다는 것이 기뻤습니다. 나중에야 안 것이지만 와인은 시간이 지나면 맛이 변한다고 하더군요. 그녀는 "난 좀 지난, 그러니까 브리딩(breathing)이 된 와인을 더 좋아해!"라고 말했습니다. 어쨌든 나는 그때까지 그녀가 이곳에 일해도 되는 나이인지 의심스러울 정도로, 그녀를 어리고 소중하게 생각했습니다.

Y는 작은 것에 행복해할 줄 아는 사람이었습니다. 어찌 보면, 조금 섭섭하기도 합니다. Y가 그랬다고 했지요? 정말 하고 싶은 것 하나를 하기보다, 조금 하고 싶은 것 여러 개를 하는 것이 낫다고. 그 꿩 대신인 닭이, 나일까 봐서입니다. 가지려면 엄청난 노력을 해야 되는, 자기가 사랑하는 사람 때문에 고생하느니 그저 옆에 있어주는 것만으로도 감사해 하는, '닭 같은 나'를 만나는 게 아닌가 싶어서요. Y가 왜 그랬냐고요? 내가 말했잖아요. 실은 가슴속에 불꽃이 있지만, 막상 용기가 없고 소심하다고.

그게 어느 순간 폭발한 겁니다.

그녀 내면에 있던 불씨들은 어느새 커져 버려 괴물이 되어 있었고 습자지 같은 그녀의 피부를 찢고 나와, 그녀를 괴롭혀댔습니다.

괴물은 말했겠죠.

"너의 현실은 이 반지하 방, 시궁창이야. 넌 평생 남들이 마시다 남긴 와인 찌꺼기나 마시겠지. 곰팡내 나는 너 따위는 아무도 훌륭한 곳에 데리고 가지 않아."

곰팡이가 그 방 벽지를 타고 오르면 그녀의 간지럼증과 재채기는 더 심해졌고, 그럴 때마다 그녀는 짜증스럽다는 듯 허벅지 안쪽을 벅벅 긁어댔습니다.

한번은 같이 자다가 이런 적도 있었습니다. 그녀가 여느 때처럼 내 다리 사이 안에 자신의 허벅지를 베베 꼬아 묶고 잠들고 있었습니다. 그녀의 다리 사이 안에서 뜨끈하고 진득한 액체가 흐르는 것이 느껴졌습니다. 뭔지 모를 그것이 스멀스멀 나의 다리 사이를 파고들었습니다. 잠결에 놀란 나는 그녀의 생리 혈인가 싶어 이불을 걷어 올렸습니다. 그녀의 다리 안에서 치즈 냄새가 나는 흰 액체가 흘렀습니다. 뒤척이는 나 때문에 잠이 깬 그녀가, 자기도 낌새가 이상했는지 제 다리 사이를 보고는 당황스럽다는 듯 신경질적으로 이불을 덮었습니다.

나는 반지하에 살면 생길 수 있는 병들을 찾아봤었기 때문에, 그것이 곰팡이로 인한 질염이라는 것을 단번에 알아차릴 수 있었습니다. 징글징글한 곰팡이들이 그 집을 점령한 것도 모자라, 습자지 같은 그녀의 얇은 피부 속까지 파고들었고 마침내 그녀의 가장 소중한 부분까지 차지하고 만 것입니다. 내가 만지고 넣어줘서가 아니라, 다른 생명체에 의해 그녀 가랑이 사이에 흰 액체가 흐르는 것을 보니 기분이 더러워졌습니다.

난 빨리 이걸 닦아내고 자자고 말했습니다. 그러자 그녀가 묵직한 어둠을 찢는 날카로운 소리로 물었습니다.

"더러워?"

"빨리 가서 씻고 와."

"그냥 자." 그녀는 아이처럼 쓸데없는 오기를 부렸습니다.

"억지 부리지 마. 뭘 잘했다고? 빨리 씻고 와."

"그게 무슨 소리야?"

"뭐가 말이야?"

"뭘 잘했냐니? 그냥 자!" 그녀는 창피한 마음에 화를 냈던 거였습니다. 그러나 나는 그때 그런 그녀를 다독여줄 정신은커녕, 화가 나 있었습니다.

"더러워. 더럽다고!"

그녀의 눈에 왈칵 눈물이 맺혔습니다. 난 그제야 정신이 들었습니다. 곰팡이한테 옮은 것이 그녀의 잘못은 아니잖아요? 그녀가 곰팡이한테 가랑이를 내어준 것도 아니란 말입니다. 나는 미안하다고 그만하자고 말했습니다. 닦지 말고 그냥 자자구요. 그러나 화가 난 그녀는 갑자기 오밤중에 집을 나가겠다며, 나와 함께 있기 싫다고 했습니다. 나는 어쩔 줄 몰랐습니다. 잘못했다고 싹싹 빌고, 무릎까지 꿇었습니다. 여긴 네 집이니 차라리 내가 나가겠다, 오밤중에 어디를 가겠다고 하는 거냐고 매달렸습니다. 나는 두 무릎을 그 집 바닥에 딱 붙이고 한참을 그렇게 있었습니다. 내가 다 잘못했다고요. 그녀는 자기 분이 풀릴 때까지 나를 때렸습니다. 그 작은 몸뚱이로 어찌나 악을 쓰는지 안쓰러워 보일 정도였습니다. 불꽃이 튀어나왔습니다.

나는 그녀에게 혼나는 것이 아니라, 그녀 내면에 있는 괴물과 싸우고 있었습니다. 멋지게 살고자 하는 그녀의 욕망과 정반대인 현실과의 충돌로 생긴 불꽃 같은 그 녀석. 그러나 그 괴물은 나에게만 보여지는 것이었기 때문에, 그런대로 견딜 만은 했습니다. 그런데 문제는 시간이 더 흘러가면서였습니다.

그녀의 친구들이 하나, 둘 사회에 진출하며 직장을 가지고, 자신과 비슷했던 친구들이 점점 자신과 차이를 벌리기 시작한 겁니다. 그녀는 한 시간에 5천 원짜리 종업원 신세에 반지하에, 풔퐁뒤-에 아직 깊숙이 있는데, 친구들은 점점 올라가고 있었지요. 그녀를 더 불안하게 만든 건, 앞으로 그들은 더욱 올라갈 것이라는 예감 때문이었어요. 나중엔 정말, 깊숙이 있는 그녀가 보이지도 들리지도 않을 정도로. 그녀가 친구들을 만나고 오거나, SNS를 통해 그들이 자기가 꿈꾸던 삶의 모습과 가까워지는 것을 보는 날이면 그녀는 한없이 날카로워졌습니다. 괴물은 언제나 습자지처럼 얇은 그녀의 살을 뚫고 나올 태세를 취하고 있었지요. 난 그녀를 약 올리는 바깥세상이 너무도 싫었고, 그녀의 그러한 괴리감을 먹고 점점 커져가는 그 괴물 역시 두려워졌습니다. 언젠가 그녀를 다 갉아먹고 파괴할지도 모른다는 두려움이었지요.

그녀의 제일 친한 친구 M은 고등학교 시절 자신과 성적도 비슷했고, 얼굴은 오히려 그녀보다 예쁘지 않았다고 합니다. 그런 M과 그녀의 좁혀질 수 없는 차이가 있다면, M은 집이 꽤나 잘살았다는 겁니다. M의 부모는 딸의 수능이 끝나자마자 병원에 데리고 가서 여기저기 성형수술을 시켰고, 나름 길거리에서 한 번쯤 돌아볼 만한 미인으로 만들었습니다. 거기에 좋은 옷과 구두, 가방, 자동차까지. 그제야 Y는 그녀와의 차이를 실감했다고 합니다. 마냥 철이 없던 M은 Y와 성인이 된 기분을 만끽하며 노는 것이 좋았고, 집에서 잡아주는 선 자리마다 줄행랑을 쳐서 이미 선 시장에서는 답 없는 철부지로 명망을 높여가던 때였습니다. 그러다가, Y에게 내가 생긴 것입니다.

처음엔 M도 우리와 같이 놀았습니다. M이 나를 질투했거든요. 왜 자기 친구를 뺏어 가느냐면서. 사귄 지 좀 지나자, 나와 Y는 거의 그 반지하 집에서 데이트를 즐겼습니다. 어느 날 M이 또 연락이 왔고, 나는 M도 집에 와서 같이 놀면 되지 않겠냐고 물었습니다.

"사실, M은 한 번도 우리 집에 와본 적 없어."

"정말? 제일 친한 친구라며?"

"걔는 내가 반지하 사는지도 몰라. 걔가 집에 데려다 주면 늘 2

층에 올라가는 척하고 다시 내려왔어."

그녀는 어렵게 입을 열어 말했습니다.

"친구 사이에 뭐가 어때서 그래. M같이 착한 친구면 널 이해해 줄거야. 오라고 해! 치킨에 생맥주나 시켜 먹자고! 좀 이따 새벽에 맨유 경기도 한단 말이야! 내가 시원하게 쏜다고 해."

Y는 내 말에 용기를 얻고는 M에게 전화를 걸었습니다. Y는 아무리 제일 친한 친구라도 첫 방문이라며 집을 조금씩 치우기 시작했고, 나도 그것을 도왔습니다. 치킨과 맥주가 배달 오고 10분쯤 후, M이 집에 왔습니다. 내 예상과는 달리 M은 무척이나 당황하더군요, 아니 집 '꼴'을 보고서는 불쾌해하는 기색이 역력했습니다. 결국, M은 신발은 벗은 지 5분도 안 되어, 급한 대로 화장실에서 오줌만 누고 돌아갔습니다. 현관문이 닫히자, 치킨 앞에 앉은 Y의 마른 볼에 눈물이 주룩 흘렀습니다. 나는 미안함에 아무 말도 꺼낼 수 없었습니다. 나는 그녀에게 M을 만나지 말라고 하고 싶었습니다. 그렇지만 그럴 수 없었습니다. M이 못된 것이 아니라, 내가 못난 것이니까요.

M을 만나고 돌아오는 날이면 Y는 그 집 구석구석을 째려보기 일쑤였습니다. 마음속에 화병이 꾹꾹 얹힌 Y는 그런 날이면, 가랑이 사이로 분을 내뿜듯 했습니다. 그녀의 질염은 그 집 때문만은 아닌 것 같았습니다. 거기에 또 콤플렉스가 생긴 그녀는 그런 날에는 날 잘 받아주려 하지도 않았습니다. 이러니 내가 어찌 M을 좋아할 수 있겠어요?

Y는 그 후로 더욱, 악몽을 자주 꾸었습니다. 그런 날 밤이면, 괜히 곤히 자던 나의 배에 그녀의 발이 별안간 퍽 날아왔지요. 놀란 내가 잠에서 깨면 그녀는 미안하다고 말한 뒤, 몸을 일으켜 앉았습니다. 식은땀이 보슬보슬 그녀의 목 줄기를 타고 흘렀습니다.

"또 악몽을 꾼 거야?"

"응. 또 같은 꿈."

"도대체 그게 뭔데?"

"……."

"괜찮아 말해봐."

나는 그녀의 식은땀을 닦아주며 말했습니다. 그녀는 조금 망설이다가 입을 열었습니다.

"술에 취한 내가 집에 와선…… 말이지."

"응."

"꿈에서 내가 너무 화가 나 있었어. 당신 말대로 그 괴물이 나왔지. 불꽃이 만들어 낸 그 괴물 말이야. 꼬리가 엄청 길고 무섭게 생겼어. 그 괴물이 내 귀에 뭐라고 속삭였어. 여기보다 더 나은 곳으로 가자고 말이야. 에덴동산에서 하와를 꾀는 뱀처럼. 그래서 나는 이 집에 불을 질렀어. 활활 타올랐어. 부엌, 냉장고, 싱크대, 세탁기……. 내게서 기쁨인지 슬픔인지 모를 눈물을 흘렸어. 괴물은 말했어, 그만 울라고. 네가 너무 울어서 불이 다 꺼지겠다고. 저것 좀 보라고! 활활 타는 게 멋지지 않느냐고. 화려하지 않느냐고. 네 시궁창 인생의 폐막이자 다른 세계로 가는 서막이라고. 나는 괴물의 말을 듣고 보니 기쁜 것 같기도 했어. 여기보단 더 나은 곳으로 가겠지! 그런데 말이야……. 그 괴물의 눈을 쫓다가 발견하고 말았어. 화장실에 갇힌 당신 눈빛. 난 소리 질렀어, 거기서 나오지 않고 뭘 하냐고! 당신은 눈으로 대답했어. 우리가 있어야 할 곳은 여기야, 라고. 난 당신을 구하러 가려고 했고, 더 눈물이 났어. 그러자 괴물은 그 큰 입으로 내 눈물을 다 받아 마셔서 흐르지 못하게 했어. 불이 꺼질까 봐. 그리고 나한테 윽박질렀어. 당신이 타는 모습을 구경하라고, 무엇보다 멋질 거라고. 제발 울지 좀 말라고!"

그리고 그녀는 벌겋게 충혈이 된 눈을 들어 그 집 천장 구석구석을 바라보았습니다.

"당신이 이 집에 오지 않으면 여기서 내가 죽어도 아무도 모를 거야 그렇지? 응? 무슨 죄 많은 사람처럼 이렇게 땅 밑에 숨죽이고 있는 거잖아."

그녀는 가슴이 답답하다는 듯 제 가슴을 쿵쿵 쳐대며 말했습니다.

"숨죽이지 말고 살면 되잖아."

나는 나지막이 그렇게 말했습니다. 그리고는 그녀를 안고 천천히 위로했습니다. 그날따라 그녀는 벽을 파고들거나 나를 거부하지 않고 날 순순히 받아주었습니다. 예민해질 대로 예민해져 이미 미끄덩한 그녀의 속에 스르르 들어갔습니다. 그녀의 격

정인지 무엇인지 모를 찢어지는 듯한 신음이 방안을, 아니 그 집 창문을 넘어 골목 어귀 전체에 퍼졌습니다.

숨죽이지 말고 살면 되잖아. 여기 너와 내가 살아 있다고 소리치라고!

나는 그날 그렇게 그녀를 일깨웠습니다. 그뿐만이 아닙니다. 그렇게 죽어 있던, 아니 태어난 적도 없던 나의 진짜 욕망이 깨어났습니다. 그것은 단순한 성욕이 아닙니다. 진정한 나의 삶의 이유를 깨닫는 순간이었습니다.

'내 모든 것을 파괴해도 좋다고, 너를 위해서라면…….'

그렇게 생각했습니다. 그래서 지금까지의 나 역시도 천천히 파괴되어 가고 있나 봅니다.

그나저나 그 괴물은 어디로 사라졌을까요? 나약한 그녀의 몸을 숙주로 삼고 있던 그 악랄한 괴물이 그녀를 따라 죽었을 린 없을 테고요. 그녀를 정말로 다른 세계까지 인도했을까요? 거기서 또 한 계단 위에 있는 세계를 갈망하게 만들고 있을까요?

…… 혹시 그 괴물이 이제는 당신 마음속에 살고 있지는 않나요?

당신은 지지 말길 바랍니다.

2013. 9. 9

다섯 번째 편지

H에게.

잘 지냈나요?

가을이 오긴 왔는데 하늘이 높아졌는지는 알 수가 없습니다. 하늘을 봐야 할 여유가 없이 지냈습니다. 아니, 전 그럴 염치가 없는 사람이니까요. 늘 죄책감이라는 추를 이마에 매단 채 고개를 숙이고 살아가고 있지요. 그래도 '가을'을 핑계 삼아 한번, 하늘을 바라보았습니다. 음, 이게 높아진 건가요?

나는 당신에게 일주일 만에 참으로 기쁜 소식을 전하려 합니다! 이 소식은 그 누구도 아닌 당신에게 먼저 전하고 싶어요. 드디어 그녀가 죽은 지 반년도 더 지나고 나서야, 드디어! Y가 내 꿈에 나왔습니다, 아니 꿈에 나왔다는 표현은 싫습니다. 그러니

까 그녀가 어젯밤 나를 '찾아왔습니다.'

얼마 만에 얼굴을 보는 건지 몰라요. 아직 어머니도 찾아뵙지 못했다는 배은망덕한 그 못된 계집애가 나를 먼저 찾아왔더란 말입니다. 언제 왔는지, 그녀는 내 침대 바로 밑에 쭈그리고 앉아 나를 지켜보고 있었습니다. 잠결에 무거운 눈꺼풀을 일으킨 나는, 순간적으로 그녀를 보자마자 뱃속 깊이 무언가 꾸역꾸역 치미는 듯한 알 수 없는 힘을 느꼈습니다. 그동안 쌓였던 그리움과 분노, 성욕, 그리고 회탄의 심정……. 이루 말할 수 없는 모든 것들이었습니다. 그 모든 것은 애증의 덩어리였습니다. 나의 격정은 손가락 끝까지 뻗쳐 나가 그녀를 잡으려 했습니다. 그러나 가위에 눌린 듯, 내 몸은 손가락 하나 까딱할 수 없이 빳빳하게 굳어 있었습니다. 그녀는 그런 나를 바라보며 하찮다는 듯 비웃더군요. 내가 할 수 있는 유일한 것이라고는 눈으로 그녀를 쳐다보고, 어루만지고, 구석구석 담아두는 일뿐이었어요. 언젠가 발톱을 깎고 있던 그녀를 바라보고 있었는데, 그녀가 나를 보더니 이런 말을 했었습니다.

"당신 눈빛은 너무 야해."

"그렇구나."

난 대답했습니다.

"그렇게 흘려듣지 마! 진짜 야하단 말이야."

"어떻게 야한데?"

"당신이 날 쳐다볼 때면, 당신 눈빛은 날 만지고 있는 것 같아.

당신이 내 팔꿈치를 쳐다보면 팔꿈치가 성감대가 되는 것 같고, 당신이 내 이마를 쳐다보면 이마가 성감대가 되는 것 같은 느낌이야. 난 한없이 예민해진다구."

수줍게 말하고 있는 그녀의 눈동자를 누르듯 깊이 쳐다보자,

"아, 그러지마! 못 보겠어!" 하며 수줍은 듯 획 나의 눈을 피해버리더군요.

"이리와! 눈알에 키스해 버릴 거야!"

나는 그 어떤 순간들보다 그녀를 원한다는 듯 그녀를 깊게 바라보았습니다. 그러나 어젯밤 그녀는 아랑곳하지 않더군요. 그녀의 모습은 여전히 예뻤습니다. 조금 더 마른 듯한 모습이었습니다. 여전히 가난해 보였지만, 초라해 보이지는 않았습니다. 얇은 그녀의 머리카락이 그녀의 하얗고 얇은 귀를 간질였습니다. 그녀는 희고 가는 손가락을 들어 올려 귀 뒤로 머리카락을 쓸어 넘겼습니다. 그리고는 추운 듯 몸을 쪼그렸습니다. 나는 제발 내 침대 위로 올라오라고 호소했습니다. 제발 가까이에서 얼굴이라도 볼 수 있게 해달라고요.

그러나 그녀는 다시 날 비웃으며 가볍게 고개를 저었습니다. 나는 너무 힘이 들었습니다. 그토록 보고 싶던 그녀가 여기에 찾아 왔는데, 그녀는 깃털 같아 보이고 내가 산송장 노릇이구나. 지금이 지나면 또 언제 볼지 모르는데, 나는 평소에 그녀가 어디

있는지 몰라 찾아갈 수도 없는데.

나의 무능력과 안타까움에 눈물이 다 나오고 급기야 오열을 했습니다. 너무 화가 났습니다. 그런데 나의 그런 모습을 보던 Y는 웃음을 터뜨리더군요. 참 마지막까지 나를 무능하게 만들고 업신여기지 않습니까? 나쁜 년.

일어나 보니 몽정을 했더라고요. 뭔지 모를 욕구 덩어리가 뿜어져 나왔나 봅니다. Y가 내 손에 잡혔더라면 정말 시원하게 한번 해줬을 텐데. 정말 단순히 섹스가 아쉬워서라도 어느 밤에 날 찾아올 수 있도록 말입니다. 그녀가 머무는 곳에 누구라도 생긴 걸까요? 아니, 그녀가 지금 머무는 곳은 어디일까요?

나는 사실 H 당신을 몰래 훔쳐 본 적도 많습니다.

미안합니다. 그러나 어쩔 수 없었습니다. Y가 실종된 후 나는 그녀를 어떻게 찾아야 할지를 몰랐기 때문입니다. 지푸라기라도 잡는 심정이었습니다. 당신이 혹시나 Y와 관련이 있을지도 모른다는 추측 때문이었습니다.

당신이 얼마나 게으른 사람인지 알고 있습니다. 몇 가지 식기류들은 Y가 썼던 것들을 대부분 쓰고 있고, 그녀가 배치한 가구를 옮기지 않은 것도 알고 있어요. (Y의 어머니가 유품을 챙기러 왔을 때, 집주인이 원래 자기 것이니 놓고 가라고 했다더군요.) 내 편지를 읽기 전까지는 몰랐겠지요? 그게 망자의 물건일 줄은.

당신이 머리를 놓고 자던 위치에, Y도 머리를 놓고 잤었다는 것을. 당신이 밥을 먹고, 설거지를 하고, 양치질을 하고, 머리를 감던 그곳에 Y가 있었다는 것을.

나는 그래서 당신을 훔쳐 보며, 그녀를 참 많이 떠올리고 참 많이 울었습니다. 나에게는 당신이 Y를 추억할 Y의 미니홈피이고, 사진첩이고, 이별 노래입니다.

한번은 아주 늦은 밤, 그날도 어김없이 당신 집을 몰래 훔쳐 보던 때였습니다. 침대에 엎드려서 핸드폰을 만지작거리던 당신은 갑자기 몸을 일으키더니 침대 끝에 가서 앉았습니다. 그리고는 그 옆에 있던 작은 서랍에서 손톱깎이를 꺼내더니 고양이처럼 등을 둥글게 말고는 발톱을 깎았습니다. 당신의 그 좁은 등을 보는 순간 나의 피가 솟구쳤습니다. 당신은 이것을 아는지 모르는지, 중지발가락부터 차례로 새끼발가락까지 깎은 후 엄지발가락을 제일 나중에 깎더군요.

당신은 어쩜 그렇습니까? 어쩜 그런 것까지 그녀를 닮을 수 있나요? Y 역시 중지부터 발톱을 깎고, 엄지를 제일 나중에 깎았습니다. 게으른 당신은 바닥에 흘린 발톱을 줍지도 않더군요.

나는 그걸 보는 순간 당신 집을 훔쳐 보던 곳에서 나와, 현관문 앞까지 오고야 말았습니다. 이미 난 살기와 욕정이 충만한 상태였습니다. 나는 당장이라도 당신 집으로 뛰어들어 당신에게 해서는 안 될 짓을 하고 싶었습니다. 네가 왜 거기 앉아 있는가?

에서 비롯된 살기와, Y와 비슷하게 구는 당신의 몸을 갖고 싶은 욕정이었습니다.

어떠할까? 저 여자도 Y처럼 반응하지 않을까? Y처럼 신음하고 Y처럼 부르르 떨지 않을까, 궁금했습니다. 막 당신의 집에 벨을 누르고 뭐라고 말을 해야 문을 열어 주려나 고민하던 찰나였습니다. 성경책을 들고 골목길을 걷던 어떤 아주머니가 날 이상한 눈빛으로 쳐다보았습니다. 그 아주머니와 눈이 마주치지 않았더라면 난, 이성을 찾지 못했을지 모릅니다. 그 아주머니가 그 자리에 없었다면, 나는 후 일에 대한 두려움을 몰랐을 것입니다.

"Y, 당신은 왜 발가락을 엄지부터 안 깎아?"

"제일 맛있는 거 나중에 먹는 거랑 똑같아. 마지막에 큰 거 깎아야 시원해."

…….

Y와 나는 헤어진 후, 줄곧 만났습니다.

지난여름 즈음 질기고 힘들던 연애를 끝낸 나의 후련함도 잠시, 그녀가 다시 그리워져서 그 집 앞에 찾아가기 일쑤였습니다. Y 안에 사는 그 괴물이 나와서 홧김에 헤어진 것이었거든요. 괴물이 스르르 잠이 든 틈을 타, Y는 집 앞에서 기다리던 나를 못 이기는 척 받아주었습니다.

네, 우리는 연애 아닌 연애를 그렇게 다시 시작하려 했습니다. 처음에는 서로의 몸이 그립다는 핑계로 받아들였지만, 나중에는 서로의 진심을 속일 수가 없었습니다. 그것은 우리의 삶이 힘들어질수록 더욱 그러했습니다. Y의 생활은 갈수록 어려워졌고, 그럴수록 나를 찾아 끌어당겼습니다. 그녀와 헤어진 후, 일에 소홀해진 나 역시 생활이 녹록지 않았습니다.

남녀가 섹스를 할 때, 옥시토신이라는 호르몬이 분비된다고 합니다. 이 호르몬은 모태와 태아 사이에도 작용하는 유대감 호르몬이지요. 섹스를 하는 두 남녀는 옥시토신으로 인하여 생물학적으로 끈끈한 유대관계, 즉 부모가 될 준비를 하게 되는 거죠. 옥시토신은 그들이 어떠한 힘든 고난과 역경이 있더라도 서로 의지하고 함께 할 수 있도록 해주는 강력한 유대감을 만들어주는 겁니다. 그러니 남녀의 '몸정'이라는 게 무시할 게 아니라는 겁니다. 어쩌면 핏줄만큼 무서운 걸 수도 있단 말입니다. 우리는 서로를 그렇게 찾으며 위로받고, 서로의 몸과 마음에 개입하며 소속되려 했던 겁니다. 그녀는 내 밑에서 나를 감아야, 나는 그녀 안에 있어야 우리는 비로소 안정감을 느끼고 살아 있음을 느꼈습니다. 마치 나는 자궁을 가진 모태처럼 그녀를 품었습니다. 나의 모든 것을 다 주고 싶은 심정으로 그녀를 사랑했습니다. 당신이 숨 쉬는 그 반지하 방에서, 남들은 신경도 쓰지 않는 그곳에서, 우리는 그렇게 헐떡거리며 서로가 살아 숨 쉼을 느꼈습니다. 어느 노래의 가사 말처럼, 섹스를 할 때만큼은 보고 있어도 보고 싶었습니다. 내 눈 안에 그녀를 집어넣어 버릴 수만 있다면! 깊고 따뜻한 그녀 속에 내 온몸을 집어넣어 버릴 수만 있다면!

연애 아닌 연애를 시작한 첫날, 그녀는 보라색 표지의 책을 읽고 있었습니다. 밀란 쿤데라의 《느림》이라는 소설이었지요. 그 날 밤, 그녀는 나의 페니스를 빨다가 별안간 나에게 엎드리라고 하더군요.

"진주 같은 두 산더미 사이…… 다른 어느 문보다도 신비스런…… 우리가 감히 말 못하는 마법들의 문…… 지고의 문."

그녀는 마치 주문을 외우듯 나의 엉덩이에 대고 그렇게 말했습니다.

"응?"

"키킥. 똥구멍! 밀란 쿤데라 소설에 그렇게 쓰여 있어."

그리고 그녀는 나의 '똥구멍'을 열심히 핥기 시작했습니다. 기분이 몽롱해졌습니다. 낮에 회사에서 볼일을 보고 제대로 닦아냈는지 생각할 틈도 없이, 나는 나의 진주 같은 두 산더미 사이, 다른 어느 문보다도 신비스런, 우리가 감히 말 못하는 마법들의 문, 지고의 문을 그녀의 혀에 맡겨놓고 있었습니다. 그녀의 혀는 문을, 구멍을 마치 곤충을 대하는 파브르처럼 탐닉했습니다. 나의 똥구멍을 이렇게 환대해주는 건 그녀의 혀가 처음이었습니다! 난 마치 어미 개 혀에 맡겨진 갓 잉태된 강아지 같았습니다.

다음 날 낮, 회사에서 점심을 먹고 나자 똥이 마려웠습니다. 어젯밤의 그 기분이 가실세라 샤워도 하지 않고 나왔는데 그만, 망할 똥이 그 문을 뚫고 나왔습니다! 이제 그 문은 지고의 문도, 진주 같은 두 산더미 사이도 아닌 그저 망할 똥이 지나간 자리였습니다. 다만, 변기 위에 그녀의 기운을 훑고 나온 내 똥이 덩그라니 놓여 있었습니다. 나는 화장실 칸 안에서 그 똥을 한참동안이나 바라보고 있었습니다. 나쁜 똥! 저깟 똥한테 뺏겼어, 뺏겼어!

그녀는 자신의 성격이 나를 힘들게 할 것을 잘 알고 있었고, 늘 나를 떠날 준비를 하려 했습니다. 그래서 나랑 그렇게 연애 아닌 연애를 하면서도, 다른 사람을 만나려 노력했던 걸 알고 있어요. 나 몰래, 그 집에 다른 남자를 끌어들여 봤을지도 모르죠, 뭐.

화가 나지 않았냐고요? 글쎄요, 난 그런 그녀의 모습이 너무 애처로워 보였습니다. 나는 그녀와 달랐어요. 내가 예전에 말했지요? 나는 한 가지 좋아하는 일을 위해서, 백 가지를 감당할 수 있다고. 힘들더라도 차라리 Y의 옆에서 힘든 게, 다른 여자와 조금 행복한 것보다 더 행복한 일이었습니다. 그것을 아는지 모르는지 그 어리석은 계집애! 그럴 때 보면 정말 어린 티가 팍팍 났던 Y 이지요!

"크리스마스에 저녁이나 먹자."

"크리스마스이브? 아니면 크리스마스?"

"크리스마스."

"그래, 뭐 별다른 거 없으니까 그날……. 저녁 시간 맞춰 집에 와."

나는 섹스나 하자는 것이 아니었습니다. 밖에서 만나자고 하니까, 왜 굳이 그래야 되냐고 묻기에 나는 크리스마스인데 그날만 큼은 이 반지하에 있지 말자고 했습니다.

"그날은 온 세계가 축제야. 세상을 구원했다는 예수가 태어난 날이잖아. 우리도 그날만큼은 환한 데로 나가자."

그녀는 웬일로 별말 없이 알겠다고 했습니다.

사실 나는 그날 그녀에게 청혼할 생각이었습니다. 결혼이라는 것에 진지하게 생각해본 적은 없지만, 그래도 어느 정도 사는 모습이 비슷하고, 행동이나 생긴 게 여자 같고, 부모님도 좋아할 만하고, 성격이 둥글고 평범한 여자와 할 생각이었습니다. 설레지는 않아도 편안하고 밥 잘해 주는 여자, 까탈스럽지 않은 그런 여자요. 내가 Y 같은 여자에게 내가 청혼할 것이라는 생각은 꿈에도 생각지 못했습니다.

나는 있는 돈, 없는 돈을 털어서 반지를 장만했습니다. 그녀의 희고 가는 손가락에 어울릴 만한 심플한 디자인의 것이었습니다. 호텔 바를 예약하고, 그 호텔의 객실도 잡아두었습니다. 아, 물론 그녀가 좋아할 만한 와인도 미리 얘기해 놓고요.

일주일 후 크리스마스이브 날 밤, 나는 뜬눈으로 밤을 지새웠습니다. 프러포즈 연습을 하느라 그랬냐고요? 전혀요. 그저 멍하니 누워 스스로에게 백 번을 넘게 질문했습니다.

'이 선택이 맞는 것인가?'

나의 대답은 백 번이고 '그렇다.'였습니다. 남자로 태어나 살면서 가장 후회 없는 일인 것 같다는 생각이 들었습니다. 너무

설레고, 너무 자랑스러워서 백 번도 넘게 질문하고 대답했습니다.

'그렇다, 그렇다! 그렇다!'

마음속으로 소리쳤습니다. 와인을 좋아하던 사장의 어린 사모의 취향에, 당장이라도 키스를 해주고 싶을 만큼 고맙게 느껴졌습니다. 사모 말고, 사모의 능글맞은 그 취향에!

내가 프러포즈를 하면 마음 여린 Y는 감동받아 울겠지, 하고 상상했습니다. 그런 그녀의 귀여운 모습을 떠올리자 키득키득 웃음도 나왔습니다. 소풍 전날 잠 못 이루는 어린아이처럼 굴다가, 낮 2시나 돼서야 잠이 들었습니다. 그리고 눈을 떴을 때는 저녁 7시였습니다. 이런! 그녀를 7시 반에 데리러 가기로 했는데! 이런 날 차가 밀릴 건 불 보듯 뻔할 테니 말이죠.

나는 일어나서 휴대전화를 먼저 켰습니다. 그런데 그녀에게 아무 연락도 와 있지 않은 겁니다. 나는 그녀에게, 미안한데 호텔 바에서 보자고 할 생각으로 전화를 걸었습니다. 그녀는 받지 않았습니다.

'씻고 있는 걸까?'

나는 문자메시지를 남긴 후, 허겁지겁 씻고 집을 나섰습니다. 가는 길 내내 전화를 걸었지만 받지 않았습니다. 찬란한 빛이 길거리를 수놓고, 거리마다 캐럴이 흐르지 않는 곳이 없었습니다. 쏟아져 나온 모든 사람의 표정은 하나같이 행복해 보였습니다.

눈도 오지 않는 퍽퍽한 크리스마스였지만 참 환한 밤이었습니다. 이런 날에는 정말 구세주가 태어날 것처럼 아름다웠습니다. 빨리 그녀에게 청혼하고 싶었습니다.

나는 호텔 바에서 10시까지 기다렸습니다……. 크리스마스에 홀로 자리를 잡은 것이 너무 미안해서, 보드카 토닉을 시켜 연거푸 몇 잔 마셨습니다. 차마 그 와인은 따지도 못하고요. 내가 조금 취해가는 데도 Y는 오지 않았습니다.

결국, 나는 한 손에 와인 병을 쥐고 쓸쓸히 호텔을 빠져나왔습니다. 크리스마스 밤이었지만 호텔이라 그런지, 쉽게 택시를 잡을 수 있었습니다. 난 그녀 집엘 찾아갔습니다. 춥기는커녕 시간이 지날수록 취기가 올라 몸이 더웠습니다. 벨을 누르자 아무 기척도 없었습니다. 그러나 희미하게 TV 소리가 흘렀습니다. 나는 걱정이 되서 벨을 다시 여러 번 눌렀습니다.

아무 기척이 없었습니다. 그녀에게 전화를 걸었습니다. 신호는 가는데, 집 안에서는 아무 소리도 들리지 않았습니다. 진동으로 해 놓은 걸까? 뭐지? 나는 걱정이 되다 못해, 나를 가지고 장난을 치나 싶어 조금씩 화가 나기 시작했습니다. 주머니 안에 주인을 못 만난 프러포즈 반지가 덩그러니 있는 것이 느껴지자 나는 더 화가 났습니다.

나는 문을 쿵쿵 두드려댔습니다.

"문 열어, 안에 있는 거 다 알아! 빨리 문 열라고!"

내가 화를 내면 낼수록 이상하게 TV 소리가 커지는 것 같았습니다. 내 목소리를 무시하려는 듯 말이에요. TV 소리에는 웃음 소리까지 섞여 있었습니다. 크리스마스라 재밌는 것을 틀어주는 모양이지요? 깔깔깔, 흘러나오는 불특정 다수의 목소리가 내 화에 불을 지펴댔습니다.

"씨발, 문 열어! 열란 말이야!"

어느새 내 눈에는 뜨거운 눈물까지 흘렀습니다.

"나오란 말이야!"

나는 홧김에 와인 병을 그 집 현관문에 집어던졌습니다.

"콰콰쾅……."

깨진 와인 병에서 터져 나온 와인들이 핏물처럼 현관문을 적셨습니다. 시큼한 포도향이 콧등을 찔렀습니다. 그때, 시뻘겋게 젖은 문이 열렸습니다!

"누구 신데 이러세요! 경찰에 신고할 거예요!"

Y보다 약간 통통한 체구, Y보다 키가 손가락 마디 하나 더 큰 168 정도 키에 동그란 눈에 얇은 눈썹을 가진, 쇄골 정도 길이의 조금 푸석한 밤색 생머리. 그리고 흰 어깨를 둘러싼 올이 굵은 밤색 니트 카디건.

당신이었습니다.

네, 그날입니다.

2013. 9. 17

여섯 번째 편지

H에게.

추석 잘 보냈나요? 맛있는 것도 먹었어요? 지난번에 보니 조금 말랐던데…… 어디가 아픈 게 아닌가 싶어 걱정이 되네요. 아니면 조금 피곤한건가요? 안 그러던 사람이…… 잘 때 코 고는 것 보고 요새 일이 많아 그런 건지- 걱정이 되네요. 어릴 때 건강을 잘 챙겨야 해요.

저는 추석 연휴 내내 조금 짜증이 났었습니다. 집에 가 봤자, 이러저러한 잔소리를 들을 것이 뻔해 어디론가 피해 있을 생각이었는데 생각해 보니 연휴가 너무 길잖아요.

사실 연휴가 아니더라도 쉬고 있는 것이나 마찬가지이긴 해요. 얼마 되지도 않지만, 모아둔 돈이나 푼푼이 까먹으면서 말이죠. 내일이라는 것이 존재하지 않는다는 듯. 사실 전, 내일이라는 것이 존재하지 않아도 상관이 없어요. 내가 눈 뜬 내일, Y의 옆이라면 얼마나 좋을까요?

긴 연휴를 견디지 못했습니다. 늘 그렇듯이 텔레비전은 연휴에 더 볼 것이 없더군요. 요즘 인기 있는 연예인들이 우르르 나와 무언가 정신없이 해댑니다. 그들은 웃고 떠들고 작은 것에 열광합니다. 나는 그것들에 공감할 수가 없습니다. 진짜 사귈 것도 아니면서, 설레는 것도 아니면서! MC가 이어준다고 서로 손끝만 스쳐도 수줍어하는 꼴들이 가식적으로 느껴집니다. 사람들은 그들을 보고 대리만족을 느끼겠지요? 그렇지만 난 아닙니다. 사랑에, 설렘에, 만남에 조금이라도 진심이 없어 보이는 사람들을 보면 화가 납니다. 사랑이라는 말을 함부로 쓰는 이들을 보면 한 대 후려쳐주고 싶은 심정이에요! 내가 정치인이라면, '사랑'이라는 말을 쓰기 위한 자격을 규제했을 겁니다. 하루에 몇 시간이나 '그 사람'의 영향을 받는지, 영향 받지 않으려고 아무리 거부하려 해도 영향 받을 수밖에 없는 이들만 '사랑'이라는 단어를 내뱉을 수 있도록 말이죠.

사랑하는 사람과의 시간을 보내기도 아까운 시간들이에요. 난 이런 면에서는 Y와 다른 사람입니다. 조금 사랑하는 사람과 있느니 혼자 있는 편이 나아요. 꿩 대신 닭을 만나지는 않는다고요. 그러니 나는 내일이라는 것이 존재하지 않아도 상관이 없어요. 내가 눈 뜬 내일, Y의 옆이라면 얼마나 좋을까요?

바보 같은 텔레비전을 견딜 수가 없어서 결국 아주 오랜만에 운전을 하고 나왔습니다. 차를 얼마 만에 타보는지도 기억이 안 날 정도였습니다. 여름 즈음에 탔던 것 같기도 하고, 그보다 훨씬 전인 것 같기도 하고요. 다행히도 별 탈 없이 잘 굴러가더군요. 도시는 텅 비어 운전하기에 아주 좋았습니다. 나는 서울 시내를 구경했습니다. 물론 차에 타서 빙 둘러볼 뿐이었습니다. 홍대, 시청, 대학로, 이태원, 한남동, 강남. 정처 없이 돌고 또 돌았습니다. 시내라 그런 걸까요? 그래도 저녁 시간 즈음 되자, 호프집이나 포장마차 주변에 삼삼오오 모인 젊은이들이 많이 보이더군요. 자정 쯤, 나는 한강 고수부지로 갔습니다. 그리고는 라디오를 켰습니다.

"추석 연휴가 참 깁니다. 다들 가족과 행복한 시간 보내고 계신가요? 9873님, 오랜만에 고향가면 시집가라는 잔소리 들을까봐 싱글녀들끼리 모여 맥주 한잔 하고 있어요. 8294님, 간만에 엄마가 해주는 집 밥 먹고 싶어서 고향에 가려고 했는데 엄마가 친구 분들이랑 태국 여행 가셨어요. 집에서 혼자 동그랑땡 해먹고 있습니다. 아, 어머니가 정말 신세대이시네요."

이름 모를 여자 DJ는 마치 원래 그 자리에 떠 있어야 할 달처럼, 밤에 꼭 잘 어울리는 목소리를 가지고 있었습니다. 그녀가 읽어주는 사연을 듣다 보니 막무가내로 웃고 떠드는 TV보다 훨씬 흥미로웠습니다.

"신청곡 띄워 드릴게요, The Corrs의 Only When I Sleep."

나는 제목을 듣자마자 편의점에 가서 캔 커피와 크림 빵 한 봉지, 그리고 담배를 사왔습니다. 난 그 노래가 끝날세라 잽싸게 다녀왔습니다. 캔 커피를 따고 담배 한 모금을 피우고……. 한강의 물줄기를 바라보니 참으로 아득하고 고요하니, 내가 누리고 있는 것들이 얼마나 풍요로운지 느끼게 되더군요. 그 노래의 가사를 곱씹고 곱씹어 휴대폰으로 다시 듣고 또 들었습니다. 얼마 전 나를 찾아왔던 Y 생각도 났습니다.

You're only just a dream boat sailing in my head

당신은 나의 머릿속을 떠도는 꿈같은 배

You swim my secret oceans of coral blue and red

당신은 붉고 푸른 산호가 있는 내 비밀스러운 바닷속을 헤엄쳐요

Your smell is incense burning

당신 향기는 타오르고 있고

Your touch is silken yet

당신의 손길은 아직 비단결 같아요.

It reaches through my skin moving from within and clutches at my breast

그것이 나의 피부 속으로 스며들고 내 가슴에 맺혀버려요

But it's only when I sleep

그러나 오직 내가 잠들었을 때뿐이죠

See you in my Dreams
꿈에서 당신을 만나면
Got me spinning round and round turning upside down
나는 혼란스럽고 어지러워져요
But I only hear you breathe somewhere in my sleep
자고있는 동안 당신 숨소리만 들을 뿐이에요
……
And when I wake from slumber your shadow's disappeared
내가 선잠에서 깨어났을 때 당신의 그림자는 사라져 있고
Your breath is just a sea mist surrounding my body.
당신의 숨결은 그저 바다의 안개처럼 내 몸을 감쌀 뿐이에요.

노래를 들으며 배를 채우자, 잠이 슬슬 오기 시작했습니다. 노래 가사처럼, 자는 동안 그녀가 나의 곁에 와주길 바랐던 것도 같아요. 시간이 얼마나 흘렀을까, 한강 위에 주홍빛 태양이 조각나 있었고 나는 그 빛에 눈이 찔린 듯 눈을 떴습니다. 새벽 6시. 아직도 켜져 있던 라디오에서 문득 '추석 당일'이라는 단어가 들렸습니다. 나는 순간 아차 싶었습니다. 시동을 걸고 차를 몰아 기름을 넣고, Y의 어머니가 살고 있는 집으로 향했습니다.

근처 편의점에서 식용유 한 박스, 그리고 가글을 사서 가글을 했습니다. 차에서 대충 거울을 보고 머리를 만졌습니다. 나는 마치 내 고향 집에 도착한 심정으로 문을 두드렸습니다. Y의 장례

식 때도 그랬지만 친척도 별로 없고, 있어도 오지 않을 사람들인 것을 알기에 나는 오히려 마음이 편했습니다.

"왔구나. 안 올 줄 알았는데."

어머니는 말은 그렇게 하셨지만, 내 손을 꼭 붙잡아 주셨습니다.

"안색이 말이 아니구나."

"아니에요, 그냥 잠을 제대로 못 자서."

"밥은 먹었니? 마침 Y의 제사를 끝난 지 얼마 안 돼 상 치우기 전이다. 탕국 좀 데워주마."

나는 밥상에 앉아 그녀가 먹던 밥을 먹었습니다. 그녀의 생전 성격대로 밥도 참 깔끔하게 먹고 갔더군요, 흔적 없이. 나는 그것을 헤치웠습니다. 지난밤부터 배를 주린 탓인지도 모르겠습니다. 국에 밥을 말아 허겁지겁 먹느라 정신이 없던 나는, 어머니가 제대로 밥술을 뜨고 계시지 않다는 걸 알아채지도 못하고 있었습니다. 어머니의 그대로인 밥그릇을 본 나는 멋쩍어졌습니다. 순간, 나도 모르게 숟가락을 내려놓았습니다.

"왜, 더 뜨지 않고?" 어머니는 본인이 되려 미안하시다는 듯 그렇게 물으셨습니다.

"아닙니다……. 잘 먹었습니다."

"목욕물 받아줄게, 몸 좀 담갔다가 한숨 자고 가지 그러니."

"아닙니다. 가 봐야지요."

"……편한 대로 하려무나."

"어머니, 식사 좀 꼭 챙겨 드세요."

"……딸자식 먼저 보낸 죄인이 무슨 밥이 들어가겠니. 무슨 염치로."

어머니는 그렇게 말하시고는, 자리에서 일어나 방으로 들어가셨습니다. 등을 돌리신 채 Y의 영정 사진을 바라보셨습니다. 어머니는 소리 없이, 그녀에게 무어라 말하시는 것 같았습니다. 어머니의 굽은 등에서 나는 그것을 느낄 수 있었습니다. 새끼를 잃은 어미의 한스러움과 원망을 말이지요. 쥐 죽은 듯 조용히, 그러나 세상을 다 찢어버릴 듯 오열하고 계시다는 것을 알 수 있었습니다. 나는 그런 어머니에게 아무 말도 할 수 없었습니다. 나보다 몇천 배는 더 힘드셨을 테지요. 나는 조용히 차키를 챙겨 그 집을 빠져나왔습니다. 어머니도 제 뒷모습을 보신 것 같지만 아무 말씀이 없으셨습니다.

다시 차를 몰아, 서울 시내로 들어왔습니다. 그리고는 나도 모르게 어디론가 향했습니다. 바로 그녀의 제일 친한 친구 M이 살던 아파트였습니다. 올해 초 결혼을 한 그녀의 신혼집이었지요. 강남구 청담동에 우뚝 솟아 있는 그 성은 높고 웅장했습니다. 금방이라도 하늘을 찔러댈 것만 같은 여왕의 큇대 같았지요. 입주자나 입주자의 방문객의 차가 아니면 들어갈 수 없기에, 나는 그 앞에 차를 세워놓고 M이 살던 동 앞으로 걸어갔습니다. 그리고는 1층부터 층수를 세기 시작했습니다.

하나, 둘, 셋, 넷…… 스물다섯, 여섯…… 아홉. 29층. 2902호. M이 살던 집입니다. M은 이 집에 신혼집을 차린 지, 일주일도 안 되어 이사를 갈 수밖에 없었습니다. 지금은 누가 살고 있는지 모르겠습니다.

M은 Y를 얼마나 약 올렸는지 모릅니다. 나보다 나이도 어리고, 집안도, 직업도, 심지어 외모도 훈훈한 남자와 선을 봐서 결혼을 하게 된 M이었습니다. 선을 본 지 3개월 만에, 양쪽 집안은 결혼 준비에 들어갔습니다. 결혼 당사자들보다 어쩌면 집안끼리 서로 마음에 들어 했으니까요. 어린 마음에 변덕을 부릴까 봐, 어른들이 굳히기에 들어간 것이었지요.

M은 결혼비용이 얼마나 어마어마한지 이야기하며, Y에게 은근한 압박을 주었습니다. 마치, 자기처럼 결혼하지 않으면 주변에서 창피를 당할 것이다, 그러니 너 같은 건 결혼은 꿈도 꾸지 말라는 식으로 말이지요.

"나야, 뷔페를 1인당 7만 원 정도 선으로 하고 싶은데……. 그래도 13만 원 정도짜리로는 해야 욕 안 먹지 않겠어?" …… "시누이들이 보테가 백이랑 보석해 달라는데, 그거면 되겠지? 괜히 평생 트집이나 안 잡히려면!"

M은 일부러 자기가 속한 세계에 Y를 데리고, 아니 끌고 다녔습니다. 그리고 그 세계를 동경하는 Y는 말없이 그녀를 따를 수밖에 없었습니다. M의 흰색 벤츠 E클래스를 타고 청담동 명품 부티크들을 따라 다니던 그녀가 지쳐 들어오는 곳은 다름 아닌 당신이 살고 있는 볕도 제대로 들지 않는 그 반지하 방이었을 테죠. 거울을 통해 그 반지하 방에 속한 자신의 모습을 바라볼 때면 그 괴

물은 또 그녀의 습자지 같은 피부를 찢고 나와서는 그녀를 괴롭히고, 못살게 굴고, 또 같은 악몽을 꾸게 하고는 했죠.

그래서 그녀는 그런 방법을 선택한 거였을까요? Y의 자살 방법은 너무나도 엽기적이었습니다. 나는 그녀가 그 정도로 잔인한 사람이라고는 생각지도 못했습니다. 그렇게 철저하게 계획적으로 죽으리라고는 생각지도 못했습니다. 그녀는 언제부터 이런 방법을 도모했던 걸까요? 언제부터 죽기로 마음먹은 것일까요?

Y는 아프다는 핑계로 M의 결혼식에 참석하지 않았다고 합니다. M은 Y가 어느 정도 자신의 잘난 체에 진절머리가 났다는 것을 눈치챘는지, 결혼식 전날 나에게까지 문자를 보냈습니다. 그녀를 꼭 데리고 오라고요. 그러나 크리스마스 때 연락이 두절된 데다가 이사까지 가버린 Y와 어떻게 같이 가겠습니까?

결혼식은 참 재미있었습니다. 돈을 발라댔지만 화려한 티를 내지 않으려고 했고, 몹시 심플하지만 고급스러운 티를 무지 내려고 했습니다. 참석한 하객들도 마찬가지였습니다. 나는 그 안에서 열심히 Y를 찾았지만 그녀는 보이지 않았습니다. 신부 측에 가서 방명록을 보여 달라고까지 했지만 Y를 봤다는 이는 아무도 없었습니다. 난 13만 원짜리 뷔페도 먹지 않고 그곳을 빠져나왔습니다.

'도대체 어디 있는 거야. 무슨 일이 생긴 건가?'

난 Y를 찾기 위해 정말 노력했습니다. 그러나 내가 그녀의 주변에 대해 아는 건, 오로지 어머니, 퍼퐁둬, 그리고 M뿐이었습니다. 나는 거의 정신이 반쯤 나가 있었습니다. 정말로 당신이 Y의 친구가 아닐까, 슬쩍 보니 가구도 그대로인 것 같던데, 당신이 그녀를 숨겨준 게 아닐까 싶었는데……. 며칠을 그 집 앞을 지켜보니, 정말로 거긴 당신의 집이 되었더군요.

그렇게 며칠이 지났을까요? M에게서 전화가 왔습니다. 전화를 받으니 웬 남자 목소리가 들렸습니다. 내가 누구냐고 묻자, 흥분을 가라앉히지 못한 그 남자는 씩씩거리며 나를 몰아붙였습니다.

"당신이 Y년 애인이야?"

"그렇습니다만……. 누구신지."

"나, M 남편 되는 사람인데……. 당장 이쪽으로 좀 와줘야겠어."

"네? Y가 거기 있나요?"

"씨발! 빨리 여기 와서 어떻게 좀 해보라고!"

M의 남편은 다짜고짜 화를 냈습니다. 그러나 그의 목소리에서 단순히 분노만 느껴지는 것이 아니었습니다. 거기에는 두려움이 만들어낸 떨림이 있었습니다. 집에 누워 그녀를 어떻게 찾을까 발만 동동 굴리던 나는 얼른 옷을 챙겨 길을 나섰습니다. 난 심장이 터질 것 같아서 운전대 잡기를 포기하고 택시를 타고 M이 알려준 그 청담동 아파트로 향했습니다.

그 집에 들어서자마자 코를 찌르는 이상한 냄새에 코를 틀어막았습니다. 살면서 그런 냄새를 처음 맡아보았습니다. 그 집 현관에는 이제 막 신혼여행을 마치고 온 그들의 짐이 널브러져 있었습니다.

"뭘 꾸물거리는 거야? 빨리 이리로 와……."

M의 남편은 조용하지만 힘 있는 어투로 내게 말했고, 나는 그의 목소리가 들리는 쪽으로 갔습니다. 거실이었습니다. M은 바닥에 쭈그리고 앉아 벌벌 떨고 있었습니다.

나는 기겁하고 말았습니다.

그 집 거실 샹들리에에, Y의 목이 매달려 있었습니다.

……. 나는 그렇게 축 늘어진 Y를 보고야 말았습니다.

나는 그녀의 몸을 끌어내려 아무 말도 못 하고 울었습니다. 나는 차갑게 굳어버린 그녀의 몸을 주무르고 또 주물렀습니다. M의 남편이 나에게 정신 차리라며 주먹을 날렸습니다. 나는 그대로 기절해 버리고 말았습니다.

나는 그녀가 그렇게까지 할 줄은 상상도 못했습니다. 스스로 삶을 포기하다니, 결국 그렇게 하다니……. 그것도 꼭 그런 방식이어야 했니, 친구의 신혼집에서……! 아, 언젠가 Y가 그런 말을 했던 것이 생각이 납니다.

"사람들은 왜 열심히 산다고 생각해?"

"잘 살려고 그러지."

"잘 사는 게 뭔데?"

"안 아프고…… 먹고 싶은 거 먹고……."

"또?"

"그리고 지금 우리처럼 사랑하고 좋아하는 사람이랑 함께 있는 것?"

"그럼 우리는 잘 살고 있는 거네?"

Y가 그렇게 말하니, 그런 것 같기도 했습니다. 내 인생에 가장 행복한 시간들이었으니까요.

"그렇지. 완전 잘 살고 있지."

"그런데 왜 난……. 행복하지가 않은 거지."

막상 뱉고 나니 이런 말 한 것이 미안하다는 듯, Y는 고개를 돌려 담배를 꺼냈습니다. 나도 거기에 별 달리 할 말이 없었습니다.

나는 그녀를 위해 내 딴에 노력을 했습니다. 그러나 Y가 꼭 거기에 만족해야 할 의무는 사실 없는 거죠. 나는 내가 좋아서 하는 일이었고, 그렇기 때문에 그녀에게 생색을 내거나 행복을 강요하고 싶지 않았습니다. 내가 노력한 일이라도 상대방이 만족하는 일이 아닐 수도 있으니까요. 크든 작든 간에 서로에게 필요한 것을 주는 것이 진짜 사랑인 겁니다. 불행하게도, 어떤 사람은 평생 상대방에게 사랑을 줄 수 없기도 해요.

연인 사이에, '내가 너한테 어떻게 해줬는데!'라고 생색을 내는 말이 '나는 널 사랑하지 않았었어.'라고 말하는 것과 다를 게 뭔가요? '나는 너한테 무엇이 필요한지 헤아리지 못했어.', 혹은 '내가 그걸 해주지 못했어.'라고 오히려 미안해야 되는 것 아닌가요. 나의 노력에 상대방이 기뻐하는 모습을 보며 행복한 것만으로도, 내가 그 사람을 위해 해줄 수 있는 게 있다는 것만으로도 이미 다 보상받은 거 아닌가요.

(다시 아까 우리의 대화로 돌아가서) 내가 말이 없자, Y는 아랑곳하지 않고 말했습니다.

"고등학교 때 본 연극이 있는데 〈염쟁이 유씨〉라는 공연이었어."

"염쟁이? 호러물이야?"

"아니. 그냥 할아버지 혼자 나와서 삶과 죽음에 대해 떠드는 공연. 사실 내용은 꽤 심오한데 볼 때는 엄청 재미있었어. 할아버지 진짜 재밌어! 근데 좀 영화배우 유해진 닮았어. 크크."

"그렇구나."

나는 중학교 때 이후로 연극을 본 적이 없기 때문에 그다지 할 말이 없었습니다. 중학교 때 학교에서 셰익스피어의 햄릿이었나, 리어왕이었나를 보여줬었는데 잘 기억도 나지 않습니다. 연극은 과장되고, 부담스러운 것이라는 생각만 들었습니다. 무대에서 연기하는 사람들은 현실에 발을 붙이고 있지 않았습니다. 몸짓은 이스트를 넣은 빵처럼 부풀었고, 목소리는 트럼펫처럼 컸습니다. 대사들은 노랫말처럼 무언가 꾸며져 있었습니다. 정말 말 그대로 '연기하고 있다'는 생각만 들었지요.

"그런데 그 연극 마지막 대사가 뭐였는지 알아?"

"응?"

"〈염쟁이 유씨〉 말이야. 내 얘기 듣고 있는 거야?"

"응. 뭔데?"

"죽는 거 무서워들 말아……. 잘 사는 게 더 힘들고 어려운 벱이여, 이거였어."

"오."

연극도 다 똑같지는 않나 봅니다. 그 대사는 간단하지만, 무슨 말인지 알아들을 수 있고, 공감이 갔습니다. Y가 좋아하는 연극이어서 그런 거였는지도 모르겠지만요.

"그리고 기억에 남는 거 또 있어."

"뭔데?"

"사람들이 왜 잘살려고 하냐면, 잘 죽으려고 그러는 거래. 염쟁이 유씨 아저씨가."

"그렇구나……."

나는 그 말을 듣자 궁금해졌습니다. 잘 죽는 것, 흔히 말하는 호상이 무슨 의미인지 말입니다. 보통 잘 죽는 것은 큰 병 없이 살 만큼 살다가, 어느 날 잘 자다가 세상을 떴다는 것을 말하지 않습니까. 그런데 우리가 단지 그것을 위해 몇십 년을 잘살아야 한다는 게 말이 되는 겁니까?

"잘 죽는 게 뭐라고 생각해?"

내가 이런 고민을 하고 있을 때 마침, Y가 내게 물었습니다. 나는 여기에 Y에게 무언가 멋있는 대답을 해야 할 것 같았지만, 떠오르지 않았습니다. 〈염쟁이 유씨〉라는 연극에 대해 말하는 그녀는 어린 티는 온데간데없이 굉장히 철학적이고 유식해 보였습니다. 나는 감히 그녀와 토론하고 싶지 않았습니다. 혹여나 그녀의 말이 틀렸다 하더라도, 나는 결국 그녀의 말이 맞는다고 인정할 수밖에 없을 테니까요. 나는 고민하는 척하다가, 알맞은 대답을 찾았습니다.

"넌? Y 너는 뭐라고 생각하는데?"

"잘 인지는 모르겠지만 나한테 맞는 죽음은 확실히 알고 있어."

"뭐야 그게? 언제 그런 걸 생각해놨어?"

"그냥 예전부터 줄곧. 나는 꼭! 잔인하게 죽을 거야."

그녀는 마치 장래 희망을 말하는 꿈 많은 어린이처럼 반짝거리는 눈으로 이야기했습니다. 그런 섬뜩한 이야기를 어떻게 그렇게 할 수 있지요?

"뭐? 그런 소리 다신 절대 하지 마!"

"진짜야. 당신도 생각해 봐. 죽으면 남은 사람들 가슴속에 그저 이름만 남을 뿐이야. 그렇지 않아? 그것도 아주 가끔 떠오르는 이름 그리고 어렴풋한 잔상 정도. 누가 그랬어, 죽는 게 무서운 건 남은 사람들로부터 잊혀질까봐 무서운 거라고. 평범하게 살다, 평범하게 죽으면 세상 돌아가듯 빠르게 잊혀질지도 몰라. 왜? 산 사람들은 바쁘게 살아야지, 먹고 살기 빠듯하거든. 음 상대적으로 즐거운 추억들은 그저 남겨져 있을 뿐, 살아 있는 사람들 머릿속에 남아서 괴롭히질 않는다고. 유명한 사람들 좀 봐.

잘 죽은 사람들은 그저 가끔 자료 화면에만 나올 뿐이야. 그런데 의문사로 죽거나, 약물중독, 복상사, 암살 혹은 사고로 갑자기 죽거나, 특이하게 죽거나, 자살한 사람들은 어때? 계속 사람들 입에 오르내리고 전설이 되잖아! 와, 그보다 멋진 추모가 어디 있어? 응? 아프고 잔인하고 풀리지 못한 기억은 계속 머릿속에 남아서 남은 사람들을 괴롭히고, 궁금하게 만들고, 가슴 아프게 만들 거야. 나는 그런 사람이 되고 싶어, 계속 남는 사람! 멋진 추모를 받을 거라고, 두고두고! 그리고 남들이 말하는 행복하게 죽는 거 어차피 난 할 수 없어. 어디서 죽어야 행복해? 이 반지하 방에서? 말도 안 되잖아."

"그래서 네 말은 잔인하게 죽는 게, 잘 죽는 거라고?"

Y는 싱긋 웃더니 말했습니다.

"옷을 잘 입는다는 기준이 뭐야? 정석대로 입어야 잘 입는 거야? 아니야, 자기한테 어울리도록 입는 게 잘 입는 거야. 옷 잘 입는 거나 잘 죽는 거나 똑같아. 자신에게 어울리는 걸 하는 게 잘하는 거라고. 난 사람들 발밑에, 등잔 밑에 지내잖아. 죽은 후에라도 입에 오르락내리락 머릿속을 항해하며 드러내고 싶어, 외롭지 않게."

나는 할 말을 잃었습니다. 저 계집애가 자기를 목숨같이 여기는 사람을 앞에 두고 못하는 말이 없구나 싶었습니다. 나는 그녀 머리에 꿀밤을 때렸습니다. 쓸데없는 소리 말고 그만 자라며 핀잔을 주었습니다. 그녀는 잘 죽기 위하여, 즉 잘 살아왔다고 느끼기 위해 수없이 고민하고 생각했을 것입니다. 내가 말했죠? 그녀는 내가 아는 어느 누구보다도 삶에 대하여 진지했다고요.

어쩌면 타이밍도 그리 잘 골랐을까요? 우리가 이별한 후(연애 아닌 연애를 할 때도), 나는 그녀의 일상에 함부로 끼어들 수 없었으니까요. 그때가 자살하기에 참 완벽한 때였던 거예요. 마침 M의 결혼 준비로 인해 자괴감에 빠진 Y 안의 괴물은 힘이 세질 대로 세져 있었어요. 내가 염려했던 것처럼 그 괴물은 그녀를 갉아먹고 파괴해버린 거예요. Y는 더 이상 버틸 힘이 없었던 거지요. 더 잘살 자신이 없으니 이쯤 잘 죽자고, 다른 세계로 가자고 그 지독한 괴물이 꼬드긴 겁니다. M의 신혼여행으로 인해 장소까지 완벽히, 오로지 Y의 죽음을 위한 단독 무대로 꾸며진 겁니다!

……. 그때쯤 청혼을 결심한 나는 상처와 충격을 받기에 아주 완벽한 관객으로 앉아 있던 거구요.

모든 것이 그녀 뜻대로 되었습니다. 그래 죽음만은 네 맘대로 되어서 다행이다, 싶었습니다. 나는 그 시나리오대로 슬퍼하고, 잊지 못하고, 하염없이 괴로워하고 있잖아요. 운명은 그녀의 편이었습니다. 그들의 시나리오에 당신이 나오는지는 모르겠습니다만, 당신까지 이렇게 괴롭히고 있습니다. 적어도 당신도 이제 조연쯤은 될 것 같군요.

Y가 이런 식으로 '잘 죽은 것'을 아는 사람은 경찰, 나와 M 부부, 그리고 그녀의 어머니뿐입니다. 제삼자에게 말하는 것은 당신이 처음입니다. 어디 가서 절대 할 수 없는 이야기예요. 게다

가 사람들에게 그녀의 죽음에 대한 가치관에 대해 설명하기도 힘들고 말하고 싶지도 않고요. 사실 아직도 죽었다는 것이 믿기지가 않는데…….

지금도 당신이 살고 있는 '우리 집'에 가면, 그녀가 여느 때와 같이 속옷도 안 입고 흰 민소매 티에 반바지를 입고 나와서 날 맞아줄 거 같은데 말이에요. 부엌에서 그녀를 위해 야식을 만드는 내 옆에서 쫑알쫑알 말동무를 해줄 것 같은데…….

당신의 답장을 받을 수 있을 것 같다는 일말의 희망이 생깁니다. 당신은 내 비밀을 알아 버렸으니! Y는 내게 배신감이 들까요? 아니면 질투를 느낄까요? 당신의 답장을 받기 위하여, 내가 그녀의 비밀까지 털어놓으니 말입니다. 그러나 잘 죽은 것이니 Y는 수치스러워하지 않을 것입니다. 오히려 왜 이제까지 자기를 자랑스러워하지 않았냐고 타박할지도 모르겠네요.

난 부끄럽습니다. 몽정을 하듯― 그녀에 대한 그리움을 해소하려 쓰는 이 편지에 응답받기 위해, Y의 비밀 이야기까지 꺼내니 말입니다.

"…죽은 후에라도 내가 살았었다고 드러내고 싶어, 외롭지 않게. 와, 그보다 멋진 추모가 어디 있어?"

그래서 넌 지금 외롭지 않니? Y야.

2013. 9. 28

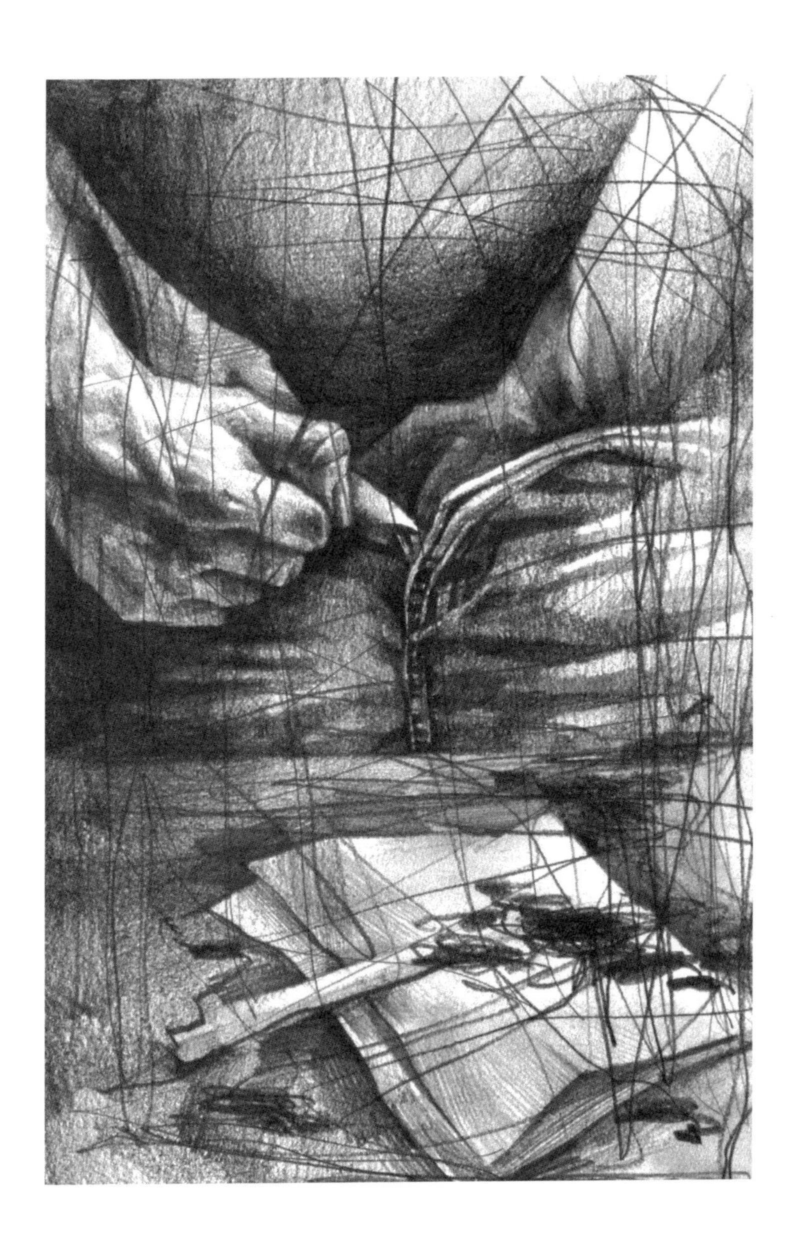

일곱 번째 편지

H에게.

당신은 나를 하찮은 존재로 만든다는 것에서, Y와 너무도 닮았습니다. 나는 그것이 한편으로는 놀라우면서도 참 싫습니다. 사랑과 증오는 한 끝 차이라고들 하지요. 난 당신을 사랑했지만 이젠 너무도 증오합니다. 왜 당신은 나를 이렇게 하찮게 취급합니까? 내가 무섭지도 않습니까? 아니 불쌍하지도 않나요? 상처받은 나를 어린아이처럼 달래줘도 모자랄 판에 이렇게 개무시해도 되느냐는 말입니다.

내가 그런 이야기까지 전했으면 말이에요, 당신은 '참 힘드셨겠어요.'라는 쪽지 조각 하나라도 남겨야 된다는 말입니다. 그래도 Y는 그런 동정심은 갖고 있는 따뜻한, 아니 따뜻하다 못해 뜨거운 여자였다구요. 아마 Y였다면, 이런 나를 초대해서 그 집에서 차라도 한 잔 마시라고 했을 겁니다. 당신같이 개념 없고 비인간적인 여자는 그 집에 살 자격이 없습니다. 당장 그 집에서 꺼져주세요. 당장 나가란 말이야.

겁나지도 않습니까? 아니면 본인을 소중하게 다룰 줄 모릅니까?

난 마음만 먹으면 그 집을 훔쳐 볼 수도 있고, 그 집을 따고 들어가서 당신을 겁탈하는 것도 내겐 어려운 일이 아닙니다. 나는 수십 번 상상했습니다. 처음에는 이 상상이 나쁜 것이라고 느꼈습니다. 자신을 탓했습니다, 당신이 불쌍했으니까요. 당신이 그 집에 산다는 것 이외에 무슨 죄가 있다구요. 그렇죠?

그러나 가끔은 그 집에서 Y처럼 행동하는 당신을 보자, 난 조금씩 나쁜 마음을 먹기 시작했습니다. 아니, 그보다 당신은 날 너무 무시하고 있잖아.

나는 그 집에 들어가서 우선 당신 옷을 벗길 겁니다. 그리고 Y처럼 머리를 쇄골 위까지 잘라버릴 겁니다. 당신의 손톱과 발톱 모두 깨끗이 씻긴 뒤, 우리가 좋아하던 체위로 당신과 섹스할 겁니다. 당신은 어떠한 말도 할 수 없습니다. Y는 섹스할 때 수다스러운 편이 아니었으니까요. 당신이 말을 하면, 미안하지만 난 당신을 벌 줄 수밖에 없어요. 다시는 말이 나오지 않도록 때릴 겁니다. 나는 그것을 비디오로 찍어서 가지고 있어야겠네요. (당신도 원하면 복사해서 줄게요.)

요즘 자꾸 Y의 얼굴이 잊혀져서 미칠 것 같거든요. 섹스는 더 떠오르지 않아요. 마침 잘되었네요. 장소도 완벽하군요. 난 Y가 미칠 듯 보고 싶을 때 펜을 쥐고 당신에게 편지를 쓰거나 당신을 훔쳐 보러 갔었거든요.

나의 이런 상상을 구체화시킨 것은 오기와 분노이며, 그 분노를 증폭시킨 건 바로 당신입니다. 당신은 할 말이 없습니다. 나의 이런 비밀을 알고도, 모르는 척한 것은 경솔한 행동이었어요. 무서운가요? 그래도 조금은 안심해도 좋아요. 이것은 최종 경고장입니다. 통보가 아닌 경고라고요.

이 편지를 읽고 경찰에 신고를 한다면 난 금세 잡힐지 모릅니다. 당신은 내 이름만 모를 뿐이지, 경찰이 죽은 Y의 휴대폰 통화 내역만 봐도 금세 나라는 사람인 게 밝혀질 겁니다.

그런데 내가 왜 이렇게 무모한 짓을 하느냐고요? 그건 바로 확인받고 싶은 마음에서입니다. 당신이 내 편지를 읽고 있는지 말이에요.

당신이 이 편지를 읽는다면, 겁이 나서라도 경찰을 불러야 할 거예요. 난 당신을 어느 정도 훔쳐 봤다고 이미 자백했고, 심지어는 강간할 거라고 예고하고 있잖아요. 그러나 당신이 만일 첫 번째 편지를 읽고 기분이 나빠서 그 다음부터 내 편지를 읽지 않았다면, 이 경고장 역시 그냥 버려질 겁니다.

어떤 미친놈이 장난치는 것인가, 생각할 수도 있고 아니면 너무 무서워서 못 읽는 것일 수도 있을 테죠. 그럼 내 손을 떠난 나의 몽정의 편지들은 그 이후로 빛도 못 보고 휴짓조각이 되었을 테죠.

만일 그렇다면 난 너무 슬퍼서 자살할지도 모릅니다. 이 세상 어디에도 나의 이야기를 들어주던 사람이 없었다는 거잖아요. 내 진심도 휴짓조각이 된 거랑 뭐가 다르죠? 편지를 쓸 때의 나는 그 어떤 때보다 진지한데 말이에요. 나는 그 슬픔을 견딜 수 없을 것 같습니다. 죽어서도 몹시 슬플 것 같군요. 그러니 차라리 신고를 하세요.

난 내 편지를 읽은 후 그 집에서 먹고, 자고, 마시고 할 때마다 기분 더러워하는 당신의 모습을 상상한단 말입니다. 그러면서도 한편으로는 내 이야기에 가슴 아파하고, 또 한편으로는 미안해서라도 그 집을 조심스레 사용하는 당신을요.

경찰을 부를 용기가 나지 않는다면 그냥 편지함에 쪽지라도 남겨두시던가, 그렇게 해주세요. 그냥 당신이 내 편지를 읽고 있다는 것만 확인시켜주면 되요. 간단하죠? 당신이 편지를 안 읽었다는 것을 받아들이느니 경찰에 붙잡히는 게 나아요. 그러면 당신도 이런 편지를 더 이상 받지 않게 될지도 모르죠. 쪽지에 호소라도 한다면 나도 당신을 가엾게 여겨서 이쯤 그만할지도 몰라요. 사랑에 빠질 수도 있고요. 사랑과 증오는 정말로 한 끝 차이가 맞더군요.

정말 난 내 상상을 행동에 옮길 것입니다. 각오해요. 내가 그 정도로 미친놈이라는 것을 당신도 이미 알고 있겠죠?

(P.S. 내 이름을 밝혀두죠. 내 이름은 D라고 합니다.)

2013. 10. 3

화재 사건

구로동 ＊＊－＊＊번지 B01호, 화재 사건입니다, 2명 사망. 빨리 좀 와주세요.

2013년 10월 3일 개천절, 오전 2시경이었다. 혼자 서에 남아 있다가 신고 접수를 받았다. 심해진 일교차 때문인지 감기 기운이 있었는데, 새벽에 현장에 나갈 생각을 하니 괜스레 짜증이 났다. 그 밥을 먹고 산지 11년 차였다. 나도 예전 같지가 않았다.

'10년째부터는 요령이다.'

예전 반장님께서 해주신 말씀이 떠올랐다. 나는 피식 웃음이 흘렀다. 그 말을 들었을 때만 해도 난 겨우 3년 차였다. 그 때 까지는 내가 요령이나 피우는 형사가 될 줄은 상상도 못했었다. 아직 젊기는 하다만은 이러한 자잘한 화재 사건, 특히나 새벽에 나가야 되는 사건들은 제발 좀 신참들이 처리했으면 했다.

현장에서 멀리 떨어진 골목 어귀에서 매캐한 탄내가 쓸려 나와 나를 맞았다. 탄내는 늘 잡스럽고 할 말이 많은 법이다. 그 말들은 대부분 분노와 슬픔, 한이 서린 것들이라, 맵고 쓴 법이다. 주전자, 전기장판, 추억이 담긴 옷가지들, 사랑과 눈물이 깃든 침대와 이불 더미들, 마지막으로 생존자들의 입에서 뿜어져 나온 이산화탄소……. 너도나도 할 말들이 많다. 산소를 사로잡은 탄내들은 공기를 타고 멀리까지 할 말을 해댄다. 참으로 소란스럽기 짝이 없다. 그러하기에 맡는 사람의 골치를 아프게 만들고 눈물까지 지리게 만든다. 내가 이런 이야기를 할 때면 후배들은, '역시! 감수성이 남다르셔!'라고 했다.

빨리 와달라고 졸라대는 구조대원들의 연락이 아니꼬웠다. 나는 박 형사를 불러냈다. 신참 뺀인 박 형사는 한 번도 화재 사건을 다뤄본 일이 없었다. 겨우 좀도둑이나 몇 번 잡아봤을까. 모처럼 애인을 만나 오붓하게 시간을 보내고 있던 것 같았다. 내가 도착하기 전에 현장 주변 정리 안 되어 있으면 각오하라고 으르렁거렸다. 나는 가글을 한 후 외투를 챙겨 입고 현장으로 향했다. 박 형사는 일찍 현장에 도착해 있었다.

"충성!"

박 형사의 활기찬 목소리에 동네 주민들 이목이 집중되었다.

"야, 사람이 죽은 건데 표정 관리 좀 해라 인마."

"죄, 죄송합니다! 근데 선배님," 박 형사는 현장을 둘러보며 말했다.

"이 현장이요……. 심상치 않은 냄새가 나요."

"화재 현장인데 당연히 냄새가 나지."

박 형사는 평소보다 몹시 들떠 있었다. 난 그의 태도가 조금 거북스러웠다.

"아니요! 그런 거 말고요……. 정말 심상치 않다니까요."

작은 일이라도 크게 만들 놈이었다. 방정맞은 저 놈의 기를 단번에 꺾어놔야 했다.

"잡소리 그만. 모든 사건은 패턴이야. 사람 살고 죽는 거, 생각하는 거. 다 거기서 거기라고. 화재 사건도 다 똑같아."

나도 예전에는 그렇게 생각했었다.

내가 형사가 된 이유는 단 한 가지였다. 바로 영화처럼 살고 싶었기 때문이었다! 원래 내 꿈은 영화감독이었다. 그러나 난 그것을 하기 위해 어떻게 해야 하는지 알지 못했고, 집에서는 그런 나를 허망한 사람, 이기적인 아들 취급을 했다. 그 당시 내가 보던 영화들 중 제일 많이 나온 직업은 바로 경찰과 깡패들이었다. 난 결국 모두의 행복을 위해 경찰이 되었다. 그러나 정작 내 주변에 남은 건 나 혼자였다. 그래도 꼬박꼬박 나오는 봉급 때문에 단조로운 이 생활을 버틸 수 있었다.

박 형사를 보고 있노라니 그런 옛 생각에 젖어 습관처럼 주머니에서 담배를 꺼내 입에 물었다.

'결국 아무것도 아닌 걸 가지고.'

순식간에 구조대원들의 눈이 휘둥그레지자 난 아차 화재 현장이지, 싶어 담배를 주머니에 넣었다. 박 형사가 보고 있었는데, 민망함에 헛기침이 나왔다. 박 형사는 속으로 웃음을 참아내는 듯했다. 그때 구조대원 중 한 명이 그들에게 다가왔다. 나는 간신히 태연한 척 표정을 고쳤다.

"구로서, 김종학이라고 합니다. 늦어서 죄송합니다. 전기 합선인가요?"

나는 그 건물 현관에 서서 화재 현장으로 통하는 지하 계단을 내려다보며 물었다. 화재 현장은 반지하 1층 집이었다. 아마도 바닥에서 올라오는 한기를 느낀 거주자가 전기장판을 사용했을 확률이 높고 그 때문에 화재가 발생할 수 있다는 것이 나의 경험주의적 추측이었다. 현장을 굳이 살펴보지 않고서도 알 수 있었다. 실제로 그런 사건은 너무도 비일비재해서 화인(火因)을 꼼꼼히 조사하면 성실한 바보 취급을 받는다. 구조대원은 나의 질문에 아무런 대답이 없었다. 그는 어려 보였다. 경험이 많이 없겠다, 싶기도 했다.

"시간도 야심하고…… 사상자들이 불이난 지 모르는 상태로 자다가 유해 가스 때문에 사망했을 확률이 크다고 봐야죠."

내가 말을 더 보태자, 박 형사는 고개를 끄덕이더니 노트에 '일반적 화재 사건 – 유해가스 질식사, 이번 사건?'이라고 적고 그 밑에 '수사는 패턴! 화재 사건도 패턴!'이라고 적고 별표를 쳤다.

"보통 유해가스로 많이 사망해요. 뭐, 이번은 그렇게까지 할 거 없겠지만 만일에 부검을 하면 말입니다, 유해가스로 인하여 사망한 사체는 부검 했을 때 혈중 일산화탄소량이 현저히 높아요. 대기 중 산소량이 낮고 그에 반비례하게 일산화탄소량이 높았기 때문이죠."

구조대원이 한참 동안 내 눈을 쳐다보더니 느리게 입을 열었다.

"이번 사건이 그렇게까지 할 일인지, 안 할 일인지 형사님이 어떻게 단정 지으십니까?"

그의 말은 나를 당황시켰다.

"생각하신 게 틀릴 수도 있지 않나요? 어떻게 그렇게 확신하시죠?"

구조대원은 당황한 내 표정을 읽고는 더 받아쳤다. 내가 그야 당연히, 라고 말하려고 하자 박 형사가 그럼 왜죠? 하고 먼저 질문을 했다.

"타 죽었어요, 사체들이 타 죽었다구요."

나는 할 말을 잃었다. 입이 바싹 말랐다. 박 형사는 정말 많이 놀란 눈치였다.

머릿속이 하얘졌다. 실제로 화재 사건에서 '타 죽는' 건 흔치 않은 일이다. 대부분 유해가스로 인해 정신을 잃은 뒤에 화상을 당하곤 한다. 타 죽는다는 건 영화에서나 있을 법한 일인 줄 알았다. 심장이 벌렁거렸다. 타 죽은 사체를 봐야 한다고 생각하니, 어디 가서 오줌이나 한번 갈겨야만 현장에 들어갈 수 있을 것 같았다. 구조대원은 한숨을 한 번 쉬더니 나지막하게 말했다.

"직접 보시죠……."

구조대원은 화재 현장으로 무겁게 발걸음을 옮겼다. 현관에서 일곱 계단 밑이었다. 마치 동굴 속을 내려가는 듯, 남자 셋의 발걸음 소리가 건물을 쿵쿵 울려댔다.

집 안은 아비규환이었다. 그 집은 구조대원들이 켜 놓은 작은 전구 불빛에 까맣고 앙상한 속내를 드러내 놓고 있었다. 작은 분리형 원룸이었다. 손가락 하나만 가져다대도 바스라질 것처럼 바싹 타 보였다. 그럼에도 불구하고 화재 현장이 이 정도로 눅눅하고 우중충할 수 있다니, 참 희한하다 싶었다.

나와 박 형사는 구조대원의 손전등에 의지해서 현장을 살폈다. 구조대원이 안내한 곳은 다름 아닌 화장실이었다.

"준비 되셨나요?"

구조대원이 물었다.

나는 습관적으로 코웃음을 쳤다. (내가 생각해도 유치했다) 구조대원은 많아 봤자 박 형사보다 서너 살쯤 위로 밖에 안보였다. 겨우 5년 차쯤 됐을까 싶은 놈이 나에게 묻는 꼴이 가소롭고 우스웠다. 좀 전에 한 방 먹은 까닭도 컸다.

"나, 이 밥 먹고 산 지 11년째요. 물에 퉁퉁 불은 사체, 갈기갈기 찢긴 사체, 토막 난 사체, 목매달아 늘어진 사체, 불에 바싹 탄 사체…… 사람 못 볼꼴 다 봤다고요."

그 말은 진짜였지만, 긴장되긴 매한가지였다. 불에 타 죽는 것은 거의 인간이 느낄 수 있는 최고의 고통을 맛보고 맞이한 죽음이 아닌가. 내가 최근에 봤던 슬프고 우울한 사체들(거의 자살로 목을 맨)과는 분명 다른 느낌일 것이었다. 불 타 죽은 사체를 보는 것을 어찌 다른 사체 보던 것과 비교할 수 있으랴. 오히려 토막 난 사체들은 사람이라기보다 고깃덩어리를 보는 느낌에 가까웠다. 줄을 서서 불 주사를 기다리던 꼬마 때처럼 떨렸다.

"자, 그러면……."

구조대원이 화장실 앞에 서서, 화장실 안쪽으로 손전등을 비추었다.

까맣게 타버린 사체 두 구가 나왔다. 처음에는 너무 까맣고 앙상해서 사체인지 몰라 볼 정도였다. 언뜻 보아서는 두 구인지, 한 구인지 구분이 가지 않을 뻔했다. 사체가 뒤죽박죽 엉켜 있었기 때문이었다. 자세히 보니 마치 한 사람이 한 사람을 첼로처럼 안고 키는 것 같았다.

"우웩!"

박 형사가 갑자기 토를 뿜어냈다.

"야 이 새끼야……. 현장 보존!"

"죄, 죄송합니다……."

박 형사가 허겁지겁 현장을 빠져나갔다.

"화장실 가서 해!"

나는 그의 뒤통수에 대고 소리쳤다. 그러나 구조대원이 날 이상하게 쳐다보았다.

"아, 여기가 화장실이군요."

나는 몇 초간 생각 없이 실실 웃어 보였다.

속에서 엉켜대는 기운을 간신히 누르고는 구조대원에게서 손전등을 건네받아 천천히 사체들 바로 앞에까지 다가갔다. 사체들은 실오라기 하나 걸치고 있지 않았다. 턱이 벌어진 표정으로 보아 그들이 불과 몇 시간 전 이곳에서 상당히 고통스럽게 죽었다는 것을 알 수 있었다. 충격적이었다. 나는 그것들을 가만히 쳐다보고 버티기가 힘들었다. 주저앉아 버릴 것만 같은 기분이었다. 당장이라도 그 사체들의 입속에서 비명 소리가 들려올 것만 같았다. 나는 카메라를 들고 사체들의 사진을 찍었다. 내 눈으로 보는 것보다 차라리 앵글로 보는 것이 낫겠다 싶어서였다. 구조대원 역시도 그 광경을 보는 것이 고통스러운지, 멀찌감치 떨어져 있었다. 카메라에서 제멋대로 켜진 플래시 소리에 사체의 뼈가 바스라질 것만 같아 조마조마했다.

손전등을 들고 그 집 이곳저곳을 살폈다. 그 집은 현관문으로 들어서면 바로 오른쪽으로 길게 부엌과 거실이 함께 있었고 그 길이는 남자 걸음으로 다섯 걸음도 되지 않았다. 왼쪽으로는 사체들이 있던 화장실, 정면으로는 침실이 있었다. 침실로 들어서자 간이로 만든 2단 행거와 책상이 보였다. 정면으로는 창문이 하나 있었다. 그 창문은 골목 쪽으로 나 있는 곳이었다. 불에 타서 가루가 되어 바닥에 흩뿌려진 커튼이 힘없이 자빠져 있었다. 화장실 왼쪽으로 세면대와 변기, 그리고 정면으로 창문이 눈에 들어왔다. 조심스레 창문을 열자, 옆 건물 벽이 눈에 들어왔다. 고개를 돌려 다시 부엌 쪽을 바라보았다. 불길이 처음 시작된 곳이었다. 화염으로 인해 생긴 것 같은 큰 구멍 3개가 보였다. 거기에 사망자들이 벗어놓은 것으로 보이는 옷들도 있었다. 나는 현장의 공기를 흠뻑 들이마셨다. 이건 단순히 매캐한 정도가 아니었다. 아마도 여기에 방화 물질을 뿌리고 불을 지른 듯 보였다. 나는 마른 침을 꿀꺽 삼키고 다시 사체들을 바라보았다. 그들은 턱이 빠져라 입만 벌려댈 뿐, 타 버린 상태로 길게 늘어진 혓바닥은 딱딱하게 굳어 있었다. 죽은 자들은 아무 말이 없었다, 아니 할 수 없었다.

불은 누가 낸 것일까? 이들 중에 있을까? 이들 이외에 누가 집에 있었을까? 다 타 버린 현장에서 그 증거를 어떻게 찾는다는 말인가? 이들은 화장실에서 벌거벗고 서로를 껴안은 채 무엇을 하고 있었을까? 왜 빠져나가려 하지 않고 화장실에서, 이토록 고통스러운 표정으로 죽음을 맞이했다는 말인가? 화장실 문은 활짝 열려있었는데. 내 머릿속도 탄내처럼 이리저리 뒤엉키고 있었다.

진정이 된듯 한 박 형사가 현장으로 들어오며 물었다.

"샤워기 틀어서 화재를 진압해 보려고 한 것 아닐까요?"

난 잠시 고민하다가 입을 열었다.

"……성관계 중이었던 것 같아. 체내 성분 수사 의뢰하도록 해. 마약이나 약물 투약 가능성이 있는지."

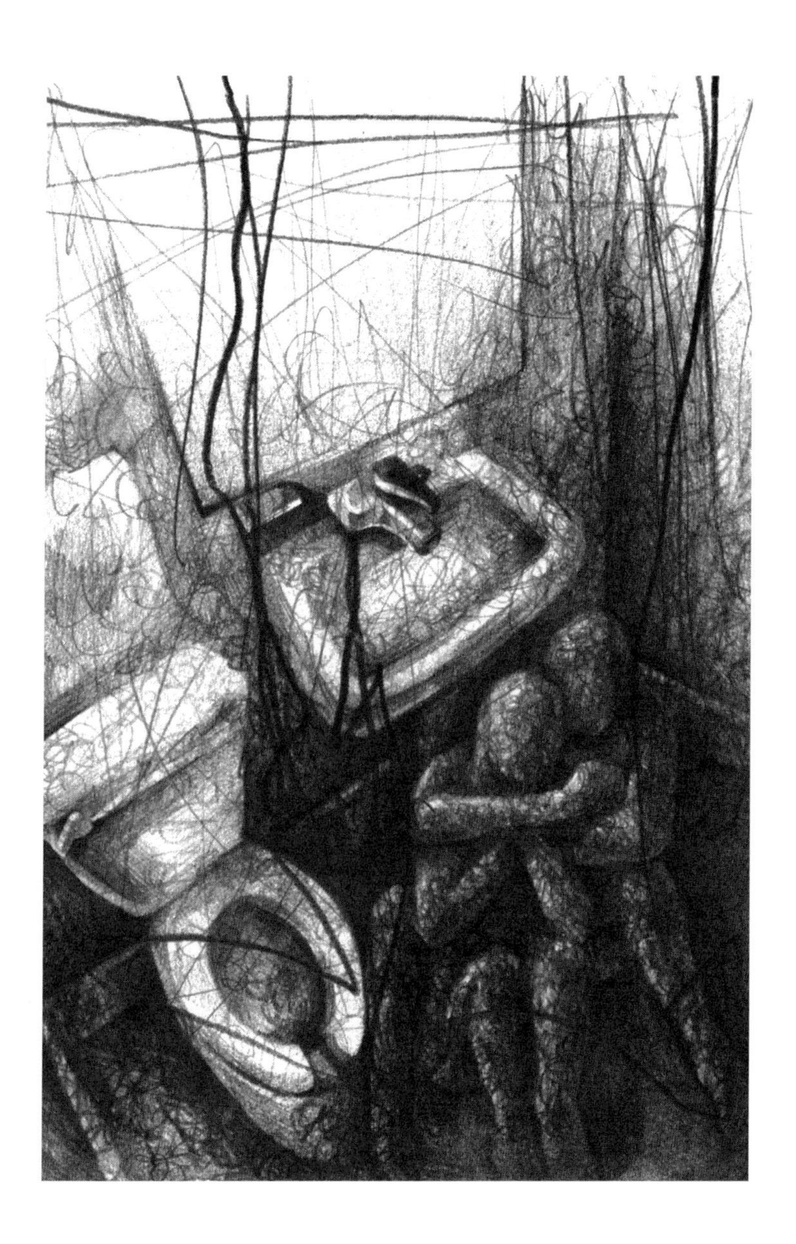

망자(亡者)들

구로서로 돌아가는 길에 차 형사에게 전화해서, 곧 도착하니 설렁탕을 미리 시켜 놓으라고 했다. 도착하자마자 아직 열기가 가시지 않은 뚝배기 속 설렁탕을 입속으로 미친 듯이 집어넣었다. 그렇게 하지 않으면 구토가 밀려나올 것 같아서였다.

나는 빨리 그 현장을 벗어나고 싶었다. 그토록 기분이 더러운 현장이 몇 년 만이던가. 내 말마따나 11년이나 형사 밥을 먹고, 물에 퉁퉁 불은 사체, 갈기갈기 찢긴 사체, 이것저것 형사 짓이나 하니까 볼만한 못 볼 꼴들을 꽤나 봐온 나였지만 정말 그땐 박 형사처럼 토를 뿜어낼 뻔했다. 턱이 빠질 듯 고통스러워하는 표정의 타버린 사체 두 구의 모습이 스냅사진처럼 머릿속에 박혀 있는 기분이었다. 나의 뇌 주름 사이사이에 사체 썩은 물이 흐르고 있는 것 같았다. 얼른 이 사건을 넘겨버리고 다른 사건을 맡아야 할 것 같았다. 내 역량은 거기까지였으니까. 그래도 난 스스로에게 실망하지 않았다. '경찰'이라는 직업을 선택한 건 100% 내 의지가 아니었기 때문이다.

'영화감독을 했으면 훨씬 잘했을 거야.'

신참에게는 수고로운 일이겠지만, 이참에 화재 사건 다루는 패턴을 익히라는 핑계를 대고 박 형사에게 맡겨버렸다. 나 대신 5년차 차 형사가 현장으로 향했다. 마음 같아서는 무서운 마음에, 체면이고 뭐고 차 형사에게도 서에 남으면 안 되겠냐고 졸라대고 싶을 정도였다. 나는 휴대폰 게임이나 하며 정신을 다른 곳으로 돌렸다. 동이 트고 난 후, 박 형사가 먼저 돌아올 때까지 화장실에도 가지 못하고 있었다. 박 형사가 지친 모습으로 돌아와서 볼일 보러 갈 때, 태연한 척 나도 같이 따라갔다. 오줌보가 터지는 줄 알았다. 짭조름한 설렁탕 국물을 다 퍼먹은 덕에 물을 너무 많이 마신 것이었다!

죽은 사체 두 구의 신원은 이러했다. D, 31세 남자에 무직이었으며, H, 23세 여자로 백화점 계약직 판매 직원이었다.

나는 그들의 사진을 하염없이 바라보았다. 두 사람 모두 어딜 가나 볼 수 있지만, 어딜 가도 볼 수 없는 인상들이었다. D는 숱이 없고 엉성한 머릿결에 흐릿한 인상이었다. 얼굴은 동안인 편이었는데 분위기는 거의 인생을 살 만큼 산 사람처럼 보였다. 눈썹도 거의 없었고 눈매는 처지고 움푹 들어가 있었다. 코끝은 얇고 입술은 다부져 보였다. 그러나 눈빛만은 무언가 사연 많은 사람처럼 깊어 보였다. 희뿌옇고 흐릿한 그의 인상은 너무도 그러해서 해무(海霧)처럼 숨이 막힐 정도였다.

반면에 H의 사진 속 인상은 D와 너무도 확연하게 달랐다. 어색할 정도로 인조적으로 세팅된 웨이브 펌 헤어에 알록달록 짙은 화장을 한 얼굴을 하고 있었다. 사진도 어찌나 힘을 주어 찍었는지 금세라도 사진에도 그 눈알이 튕겨나올 것만 같았다. H는 동그란 눈에 얄쌍한 입술, 동그란 코를 가지고 있었다. 그러나 마치 보기에만 좋고 향기가 날 것 같지 않은 조화를 보는 느낌이었다. 싸구려 풍경화를 보듯 어우러지지 않는 색감이 인상적이었다.

함께 죽은 두 사람이 어쩌면 이렇게 다를 수 있는지 신기하게 느껴졌다. 먹 맛이 나는 수묵담채화 풍의 D, 그리고 (굳이 따지자면) 인상파의 르누아르 유화 같은 H. 무채색의 D, 그리고 유채색의 H. 그러나 현장에 있던 그들 최후의 모습은, 영락없이 똑같았다. 검고, 바싹 말라 있고, 그로테스크하고, 괴물 같고, 불구덩이 같고, 지옥 같고, 슬펐다.

"수사를 할 때도 우선 머릿속에 자기만의 시놉시스가 있어야 한다고. 그래야 단서들을 끼워 맞출 수가 있는 거야."

낮 동안 이리저리 돌아다니느라 지쳐 있는 차와 박을 독려하는 척 잔소리를 해가며 삼겹살 불판에 김치를 얹었다. 차 형사는 고개를 끄덕이고 박 형사는 그것을 수첩에 받아 적었다.

"두 사람 이외에 다른 사람의 침입 흔적은 없었어. 게다가 두 사람, 거기서 나가려는 시도조차 하지 않고 있었다고."

차와 박은 고개만 끄덕였다.

"D와 H 두 사람, 처음부터 죽으려고 작정했던 거야."

나는 단정 지으며 말했다.

"왜요?"

박 형사가 조심스럽게 물었다.

"요즘 유행하는 거 있잖아, 생계 비관형 자살."

차 형사는 잠시 탄식하더니 소주병을 들고는 나의 잔에 소주를 가득 채웠다. 수긍하는 눈치였다. 반면 박 형사는 벙이 찐 표정이었다. 내가 소주병을 들고 박 형사의 잔 앞에 가져다 대며 물었다.

"허무하냐?"

"예? 예……."

"참 안됐어, 젊은 사람들이. 차, 약물 투약 가능성 없는 거지?"

"네. 술도 마시지 않았던데요."

차 형사가 대답했다.

"독한 사람들이네. 이거야 말로 계획적인 자살이라는 거지. 술김에도 아니고 아주 작정을 한 거야. 게다가 방화 물질까지 검출되었으니…… 말 다한 거고."

박 형사는 말이 없었다. 현장에 남아 있던 그 첼로처럼 엉킨 시체가 그의 머릿속에도 엉겨 붙어 있는 모양이었다. 사건 이후 그는 밥 한 술도 뜨지 못했고, 겨우 여기서 된장찌개에 말아 간신히 불은 밥알을 입에 넣고 있었다.

"대단한 거 없다. 술들 적당히 하고 들어가서 보고서 쓰도록. 나는 먼저 일어날 테니까."

나는 차 형사의 담뱃갑에서 담배 하나를 빼내었다.

"선배님!"

박 형사의 외마디가 나의 뒤통수를 잡았다. 나는 그가 어떤 것들을 물을지 대충 감이 서 있었다. 왜 다른 가능성은 열어두지 않는 건지, 그들이 무슨 관계인지, 언제부터 이 자살을 계획해 왔는지 조사해야 하지 않느냐고 물으려 들 것이었다.

"더 캐지 말자. 지금도 충분히 힘들다. 이 정도면 사람들도 납득할 만한 스토리라고."

나는 뒤도 돌아보지 않고 말한 뒤 식당을 빠져나왔다.

D는 그 집에 강제로 침입한 흔적이 없었고, 그 둘은 당시 실오라기 하나 걸치지 않은 나체 상태였다. 게다가 세면대 쪽에서 D의 것으로 판명되는 정액까지 소량 검출되었다. 연인 사이였던 D와 H, 두 사람은 결국 현실의 무게를 견디지 못하고는 다음에는 행복한 운명으로 태어나자며 서로를 위해 기도해준 것이다.

이렇게 그저 울분이 쌓여 있던 어느 사회 소외계층의 자살로 마무리 지으면 그만이었다. 그들은 자신들의 삶을 어떤 방식으로든 더 낫게 만들 방법을 찾지 못한 것이다. 혹여 그 방법을 안다고 하더라도 실천할 에너지가 없었을 것이다. 몹시 지쳐 있던 것이다. 그들에 대하여 더 이상 알고 싶지도, 기억하고 싶지도 않았고, 그럴 필요도 없었다. 사람들이 그들에 대해 이 정도만 들어도 이렇게 생각할 것이다.

'자살할 수도 있는 사람이네.'
납득할 만한 스토리라고!

내가 현장에서부터 그들에 대하여 '연인'이라는 표현을 쓰자, 박 형사는 결국 그들의 휴대전화 통화 내역을 뽑아 왔다. 그의 외마디 반항이었다. 이것이 왜 필요 하느냐고 일부러 묻자 그는 내 의견이 억지라고 말하는 대신, '요즘 젊은이들은 연인이 아니더라도 섹스 할 수 있거든요.'라고 대답했다.

그들의 통화 내역은 그 둘의 관계를 알려주는데 아무런 도움이 되질 않았다. D의 휴대전화는 정지 상태인 지 5개월이 넘었고, 아예 사용하지 않은 지는 거의 1년이나 된 상태였다. H의 휴대전화 사용 내역에 D 명의의 연락처가 있을 리 만무했다. D의 명의로 된 아이디의 인터넷 사이트 접속은 1년 전이 마지막이었다. D의 죽기 전 마지막 1년간의 행적을 아는 사람은 오직 H 이외엔 아무도 없었다. 그런 D를 아무도 실종신고 하지 않았다니, 난 오히려 그 사실이 더 신기했다. 죽은 D가 얼마나 존재감 없었던 사람인지 알게 해주었다. (그런 그가 이렇듯 얌전한 고양이 부뚜막

올라가는 것처럼 엽기적으로 자살했다니 굉장히 놀라울 따름이었다)

그러나 그의 통화 내역에서 재밌는 것을 발견할 수 있었다. 바로 그가 마지막까지 연락하던 전화번호. 그것은 딱 하나였다. 어찌 보면 D의 휴대전화는 오직 그 전화번호 수취인에게 연락하기 위한 수단이었다고 해도 과언이 아니었다!

'D와 밀접한 관련이 있는 사람일 거야.'

우리는 당장 그 번호로 전화를 걸었다. 그러나 없는 번호라는 음성 안내가 흘러나왔다. 명의자 조회 결과, 그것이 죽은 Y의 휴대전화라는 사실을 알게 되었다. 우리는 Y가 누군지 알지 못했다. 그저 '죽은' Y라는 사실에 놀라움을 금치 못했다. 혹시나 D가 살해했을 거라고 의심했지만, 그녀는 안타깝게도 자살을 했다. 더 쇼킹한 건, 그녀가 살던 집이 그들이 죽은 그 집이라는 것이었다.

온몸에 뼈가 굳어지는 느낌이었다. 내가 사건으로 만난 자들 중 가장 잔인하고, 가장 말도 안되며, 가장 해괴망측했다.

'내가 보통 사건을 맡은 게 아니구나.'

난 그제야 깨닫게 되었다.

이들은 사람들에게 말 못할, 혹은 말해도 알아주지 못했을 그들만의 이야기가 있는 것이다. 난 그게 무엇일지 너무도 궁금해졌다. 그들이 무슨 관계인지도 알아내어야 했다.

한편으로는 몹시 무서웠다. 과연 내가 이 사건의 수사를 계속 진행해도 괜찮을지 말이다. 이 사건이 내 정신 상태에, 그리고 앞으로의 내 인생에 어떠한 막대한 영향을 끼치리라는 사실을, 그리고 난 거부할 수 없을 거라는 사실을 알 수 있었다. 그럼에도 불구하고 나를 계속 움직이게 만든 건, 내 안에 늘 잠식되어 있는 예술적 열망이었다. 이건 내가 알지 못하던 그 누구도 상상하지 못할 시놉시스의 사건이었으니까.

연인들

현장을 다시 찾았다. 골목에 들어서자마자 기분 나쁜 오싹함이 어깨를 감쌌다. 온몸에 털들이 다 꼿꼿하게 서는 기분이었다. 누구 하나라도 있어 주길 바랐는데 현장 주변은 개미 새끼 한 마리 발자국 소리도 안 들릴 만큼 한산했다. 대로변에서 한참이나 벗어난 그 건물 주변에는 그 건물과 비슷한 다세대 연립주택 몇 채뿐이었다. H가 일한다는 백화점은 버스로 35분 정도 거리였다. 대로변에 위치한 버스정류장에서 그녀가 집까지 걸어오려면 여자 걸음걸이로 15분 정도는 걸릴 법했다. 그 집은 골목 끝에 위치하고 있었다.

"형사 양반이신가?"

현관으로 들어서려던 뒤에서 갑자기 들려오는 목소리에 놀라, 나는 그만 체면불사하고 비명을 지르고 말았다.

"에구, 깜짝이야! 내가 더 놀랐네!"

그 건물 1층에 산다는 아주머니였다.

"아, 죄송해요. 뭐 좀 생각하고 있었거든요."

"피— 귀신인 줄 알았나 보지?"

아주머니는 웃으며 나를 흘겨보았다. 그녀는 이 건물에 안 어울리게 불편할 정도로 밝은 사람이었다. 나는 그녀에게 이 집에 원래 살던 아가씨(Y)에 대해 아느냐고 물었다.

"그럼, 당연히 알고말고. 숫기는 별로 없었어도 인사도 잘하고 분리수거도 잘하고……."

아주머니는 형사라는 나에게 자기가 본 것들을 이야기 해주었다. 그러나 집 밖에 잘 나오지 않아서 오랜 이웃으로 지냈어도 자주 마주치지는 못했다고 했다. 그러던 어느 날부터인가 집에 남자를 들이기 시작하더니, 그때부터는 거의 집 밖에 나오지 않는 것 같다고 했다. 난 D의 사진을 보이며,

"혹시 이 사람이에요?"

하고 물었다.

"응, 맞네 맞아!"

아주머니는 사진 속 그의 얼굴을 보며 반가워하더니 갑자기 고개를 갸우뚱하며 혼잣말을 했다.

"그나저나 이 총각은 요새 뭐하고 지내나?"

아주머니의 질문에 나는 순간 얼어버렸다. 그녀에게 충격을 주기도 싫었을 뿐더러, 그녀가 세상에나 하고 놀라며 시끄럽게 구는 걸 들어 줄 자신이 도저히 없었다.

"근데 형사 양반, 전에 살던 아가씨는 왜 물어? 전에 살던 아가씨랑 새로 살던 아가씨랑 무슨 관련이라도 있어?"

"…… 아닙니다. 수사를 해야 하니 자리 좀 비켜 주시지요."

정말 박 형사의 말대로 그 집은 화재 현장이라서가 아니라 정말 무슨 일이 벌어져도 벌어질 것만 같은 곳이었다. 너무 영화같이 완벽하게 음습해서, 오히려 스크린에서 봤으면 너무 과하다 싶을 정도였다. 이전에도 사건 현장들을 많이 봐 왔었지만, 이 집은 사건에 대해 아무것도 모르는 사람이라도 우울하게 만들 수 있는 에너지가 있었다. 늘 푸석푸석한 내 머릿결까지 차분해지고 모근까지 끈적하고 뻐근해지는 기분이 들었다. 현장에는 아직도 탄내가 가시지 않은 상태였다.

화장실에 사체들이 고통스러운 표정으로 놓여 있던 자리가 휑하니 느껴졌다. 세면대에서 Y가 세수를 하는 모습을 상상했다. 물론 나의 상상력으로 그려낸, 어느 정도 오류가 있을 수 있는 그녀의 모습이다. 그녀는 길고 가느다란 손가락으로 콧대와 인중, 이마, 귀까지 깨끗이 세수를 한다. 그리고는 수건으로 뽀얀 얼굴을 닦아낸다. 그리고 기다란 발가락에 살짝 걸쳐진 슬리퍼를 벗어놓고는 침실로 향한다. 그리고 잠시 후, D와 H가 그녀가 있던 자리에 서 있다. 그들은 실오라기 하나 걸치지 않은 채로 서로 마주보고 서 있다. 그들의 표정에 부끄러움이라곤 조금도 찾아볼 수 없다. D가 H의 젖가슴을 움켜쥐자 H는 거부하지 않는다.

D가 얼굴을 그녀에게로 가까이 가져가자 H는 눈을 감지 않고 그의 입술을 받아들여 혀를 놀린다. 그리고 D는 H의 몸을 돌려 그녀가 거울을 바라보게 한다. 그리고 D는 자신의 페니스를 H의 몸속에 집어넣는다. H는 작게 신음하고는 충실하게 거울을 바라보며 자신의 모습을 눈 속에 꾹꾹 담는다.

어느 순간 나는 화장실 세면대 앞에 서서 그 거울로 나를 바라보고 있었다. Y가 세수를 하던, D와 H가 서로를 탐닉하던 그 자리였다. 나는 다리가 후들거려서 그 자리에 오래 서 있을 수 없었다. 순간적인 오싹함에 현장을 박차고 나와 사람이 보일 때까지 달리고 또 달렸다.

Y가 운영하던 미니홈피 서버에서 그녀의 사진을 볼 수 있었다. 미니홈피의 분위기는 그 집과 닮아 있었다. 그녀를 추억하는 이들의 추모 글이 일촌평과 방명록, 사진 댓글에 달려 있었다. 그녀는 친구가 많은 편은 아니었지만, 그녀를 그리워하는 사람은 꽤나 많은 편인 것 같았다. 물론 대부분은 남자였다. 주로 글을 많이 쓰는 4명의 남자는 저마다 그녀와의 아주 사적인 추억들이 있는 것 같았다. (의아하게도 D의 글은 없었다)

— 오늘 Y 네가 좋아하던 온나나카세를 마셨어. 술 이름대로 술이 너무 맛있어서 네가 옆에 있던 걸 내가 몰랐던 거지? 비 온다. 너랑 오늘 한잔하고 싶다.

– 나는 늙었는데 너는 그대로다. 넌 그때도 어렸고 지금도 어리다.

– 오랜만에 네가 좋아하던 프라푸치노 사서 너에게 다녀왔다. 나쁜 년. 가는 길에 비 오더라. 짓궂은 건 여전하네.

– 속상해! 당신이 사준 침대 쿠션을 고양이가 다 뜯어 놓았어. 어떻게 하지? 고양이를 칼로 찌를 뻔했어, 미안해.

– 야 빨리 술 한잔 해야지, 날 잡아! 퍼퐁뒤에서 뭉쳐?

– 당신 쓰던 바디미스트랑 똑같은 거 쓰는 여자를 봤다. 근데 당신처럼 깊게 생기질 않았어. 왜 그걸 쓰냐고 화내고 싶었어.

– 너 진짜 왜 그랬냐.

그녀는 분위기 미인이었다. 모딜리아니의 연인이었던 쟌느 에뷔테른이 살아 있다면 저런 모습이 아니었을까, 싶었다. 슬픈 눈에 긴 목, 짙은 녹색이 잘 어울리는 여인의 모습. 게다가 모딜리아니의 창작 욕구를 자극할 정도의 적당한 색기까지. 5:5로 가르마를 탄 미디엄 길이 정도의 머리에 초승달 같은 눈을 가졌는데 눈빛이 조금 슬프다고 해야 하나, 뭔가 모르게 젖어 있는 눈빛이었다. 그건 소주를 한 병쯤 마신 여자가 지난 사랑을 이야기할 때 가지는 눈빛이었다. 마냥 화장기 없이 수수한 얼굴에 턱선은 여성스러운데 볼살이 적당히 있어 앳된 모습이었다. 당긴 턱 위로 살짝 치켜뜬 눈이 요망스러웠다. 하관이 전체적으로 밝은 인상인데 반해서 목선이 길어서 마치 누군가를 기다리는 듯한 슬픈 인상을 줬다. 전체적으로 자그마하고 허리가 좀 긴 편이지만 골반이 넓은 편이어서 치마보다 청바지가 잘 어울렸다. 손가락은 보기 흉하게 마르고 부르텄다. H와는 전혀 다른 여자였다. 안개꽃 같다. 있다면 뛰어들어 폭— 안겨 있고 싶은 그런 안개꽃.

Y와 D, 이 연인의 공통점이라면 그들에 대해 별로 아는 사람들이 없다는 것이다. 더 정확히 얘기하자면 관심이 없었다. 철저하게 그들만의 세계에서 사랑한 커플이었다. 서로에게 집중할 줄 아는 사람들이었던 것이다. 그들은 나르시시스트이거나 아예 그 반대일 거라고 생각했다. 서로에게 충실히 집중하며 연애를 하는 사람들은 보통 그 둘 중 하나이다. 그들은 어느 쪽일까? 자살이라는 선택은 나르시시스트와 조금 더 어울린다. 사랑하고, 기대하고, (실은) 착각했던 자신에 대한 실망감이랄까, 혹은 그러한 자신의 인생에 대한 실망감이랄까 그런 것들이 그들을 견디지 못하게 만든 것이다. 그들은 자신 혹은 자신의 인생을 매일 비관하게 된다. 이런 건 죽어버려야 돼, 라고.

Y는 어떤 사람이었을까. 살아만 있다면 만나보고 싶었다. 취조하기 위해서가 아니다. 경찰서가 아닌 커피숍에서 따뜻한 차를 앞에 두고 그녀의 눈빛을 관찰하고 싶었다. 형광등이 아닌 따뜻한 조명 밑에서 그녀와 마주 앉아 보고 싶었다. 그 흉측하게 마른 손가락은 어떤 식으로 움직이는지, 목소리는 높은지 낮은

지, 말투는 빠른지 느린지 너무 궁금했다. 그녀는 내 영화 시나리오 속 두 여주인공 중 한 명이니 말이다!

— 장례식장에 오시지 마세요.

박 형사에게서 문자 메시지가 왔다. 난 곧바로 전화를 걸었다.

"왜 그러냐?"

"생계 비관형으로 그냥 대충 마무리 지어서 넘긴다고 H쪽 유가족들이 좀 반발이 심해요. 가족도 별로 없기는 하지만…… 특히 D쪽은…… 보는 제가 다 민망할 정도예요."

박 형사는 난감해 하며 말했다. 난 더 이상 이 사건을 예전처럼 대하고 있지 않았다. 그렇지만 기사가 그렇게 나갔으니 그들이 분노하는 것도 이해가 됐다.

"알겠다. 알아서 잘해라. 그리고 아직 마무리 안 지은 거라고 말씀드려."

"예. 아, 그리고요."

"말해라."

"여기 장례식장에 하도 울고 있는 사람이 있길래 물으니까, H의 전 남자 친구라는 분이 계시는데...."

"답답하긴! 그걸 왜 지금 말해? 어서 서로 데리고 와! 나도 금방 갈 테니까!"

H의 남자 친구를 만나러 갈 생각에 심장이 쿵쾅거렸다. 그 사람이라면 자신의 연인이었던 H는 물론이거니와 D, 그리고 Y까

지도 알 수 있을 거라는 생각이 들었다. D가 그 집에 강제로 침입한 흔적이 없기에, 아마 H와 D는 평소 아는 사이일 거라는 추측에서였다.

나는 최대한 부드럽고 조심스럽게 질문해야 한다고 여러 번 생각했다. 자기 여자 친구가 다른 남자와 성관계를 가지고 죽었는데, 어찌 그가 제정신일 수 있겠는가.

서에 도착하니 검은 셔츠를 입고 고개를 푹 숙이고 있는 한 남자가 보였다. 호리호리한 뒷모습으로 엄청나게 슬픈 오라를 풍기고 있었다. 나는 한눈에 그가 H의 남자 친구라는 걸 알아챘다.

가까기에서 보니 그는 꽤나 미남이었다. 게다가 아주 어린 것 같았다. 그 남자는 나를 보자마자 울음을 터뜨리더니 픽 하고 주저 앉아버렸다. 엉겁결에 나는 그를 품에 안고 다독거리게 되었다.

이것은 우리 인터뷰의 내용이다.

– 간단한 인적 사항을 조사하겠습니다.

– 스무 살이고 이름은 김진호입니다.

– H의 남자 친구가 맞으십니까?

– 예, 그렇습니다.

– 사건 당일 날 어디에 계셨습니까?

– 저는 집에 있었고, 그런 일이 벌어지고 있는지는 전혀 알지

못했습니다.

– 그날은 H를 만나시지 않으셨나요.

– 그날 함께 저녁을 먹고 제가 집에 간 뒤, 그놈이 들이닥친 겁니다.

– 그놈이라면?

– …… D…… 말입니다.

– 죄송합니다. 이해해 주시지요.

– 예…… 이해합니다.

– 그럼 이해하신다니, 실례를 무릅쓰고 여쭙도록 하지요. 이런 말씀드리기 좀 그렇습니다만, 사건 현장에서 D의 정액이 검출된 거 알고 계십니까.

– 예, 들었습니다.

– D에 대해서 원래 아셨습니까.

– 네, 알고 있었습니다.

– 어떻게 아시는 사이이십니까.

(나는 심장이 쿵쾅거렸다.)

– 그는 H를 협박하고 있었습니다.

– D가 H에게 원하는 것이 있었나 보죠?

– 네, 그 집에서 나가게 해달라고 협박했습니다.

– 왜 그런 거죠?

– 원래 자기의 집이라고 했습니다.

(……!)

— 언제부터 어떻게 협박했습니까?

— 처음 그가 우리를 찾아온 것은 작년 크리스마스 였습니다.

— 우리라면 처음 그를 만났을 그 당시, 집에 함께 계셨군요.

— 예, 그렇습니다. 저희는 집에서 조촐하게 데이트 중이었어요.

— 찾아와서 어떻게 했습니까.

— 처음에는 누구를 찾는 것 같았습니다. Y라고 했던 것 같아요. 그런데 우리가 그 집에서 나오니까 당황하는 눈치더군요. 그러더니 돌아갔습니다.

— 그리고 또 언제 그를 만났나요.

— 이번 여름부터 그가 찾아와서 우리에게 그 집에서 나가라고 협박했습니다.

— 그래서 어떻게 했나요.

— 경찰에 신고를 할까 싶었지만 괜한 후환이 두려워서 그만두었습니다. 실은 H가 그렇게 하길 바랐습니다.

— H가 많이 무서워했나요?

— 네, 그렇습니다. 밤마다 여자 혼자 사는 집에 찾아오는데 어떻게 안 무서울 수 있겠습니까.

— 왜 그때마다 같이 계셔 주시지 않았습니까?

— 저는 재수생입니다. 올해 꼭 대학에 가야합니다. H는 제가 자기 때문에 공부에 소홀해 하면 오히려 화를 냈습니다.

— 여름부터라면 꽤 오래되었군요.

— 그렇습니다. 이런 식으로까지 할 거라고 생각지도 못했습니

다. 정말, 그가…… 그 정도로 싸이코일 거라고는 생각지 못했습니다.

– 유감입니다.

– 너무 힘이 듭니다.

– 무엇이 제일 힘이 드십니까.

– H가 이 세상에 이제 없지 않습니까. 전, 그 집에 미친 싸이코 때문에 사랑하는 연인을 잃었습니다. 게다가 그녀를 추억할 수 있는 것이 아무것도 남아 있지 않습니다. 그 싸이코가 모조리 태워버렸기 때문이지요. 너무 가슴이 아픕니다. 우리가 먹고, 마시고, 사랑했던 공간마저 불타 사라졌습니다. 나는 이제 어디서 그녀의 흔적을 찾아야만 합니까?

– D 역시도 그런 심정이었을 겁니다.

– 그게 무슨 말씀이시죠?

– 그냥 왠지 그럴 것 같아서요, 신경 쓰지 마세요. 계속 하시지요.

– 저는 나이가 어리고 부모님께 받아 쓰는 용돈이 전부이기 때문에, 남들처럼 H와 데이트를 많이 할 수 없었습니다. 우리는 거의 집에서 데이트를 했습니다. 그날, 그게 마지막인 것을 알았더라면…….

– 알았더라면? 뭐가 달라졌을까요?

– 떠나지 않고 그녀 곁을 지켰겠지요.

김진호는 그러면서 남아 있던 눈물을 모조리 쏟아냈다. 그는 더 이상 앉아 있을 힘조차 없어 보였다. 그는 눈물이 다 말라버려서 곧 눈동자가 쭈글쭈글해질 것만 같았다. 김진호는 갑자기, "당장 가서 그 싸이코 새끼 장례식에 불을 질러 버릴 거야!"라며 난동을 부렸다. 그야말로 제정신이 아니었다. 난 박 형사를 시켜 서둘러 그를 집에 데려다 주라고 했다.

나는 그제야 D가 왜 H를 찾아갔는지 이해할 수 있었다. 그리고 어쩌면 H를 사랑까지는 아니더라도 좋아할 수 있겠구나, 싶기도 했다. 난 이들 네 명의 연인의 운명이 너무나 애처롭게 느껴졌다.

집.

독립된 공간.

혹은 허락된 공간.

살아 있는 공간.

유일한 공간.

남들에게는 초라한 그 집이 Y와 D, 이들 연인에게는 온 세계였던 것이다. 그곳은 초라한 그들에게 유일하게 허락되었던 곳이기 때문이다. 마치 예수의 부모인 요셉과 마리아가 당장 아이를 잉태할 곳을 찾다가 간신히 빌린 마구간 같은 곳이랄까! 거기서 그들은 구세주인 아기 예수를 낳았고, 그 집에서 Y와 D는 사랑을 했다. 그들은 다른 사람들처럼 그곳이 아니면 다른 곳으로 마음껏 갈 수 없었다. 어쩌면 Y의 영혼은 아직도 그 집 주변을 맴돌고 있을지도 모른다.

그런데다가 Y까지 죽고야 말았다. D는 그 집에 사는 누군가에게 그 집을 빼앗겼다고 생각할 수밖에 없었을 것이다.

한편으로는 이렇듯 인간적인 감정을 가지고 접근하지 못했던 나 자신이 부끄럽기도 했고, 생각보다 문제가 빨리 풀렸다는 데에 좀 허무한 기분이 들었다.

이제 이 내용을 정리해서 위에 올리면 모든 것이 끝나게 되는 거였다. 더 이상 유가족들의 반발을 들을 이유도 없었으며, 이거야말로 모두가 납득할만한 내용이었다.

'증거도 없는 이 상황에서 사건을 풀어낸 것을 모두가 칭찬하겠지.'

그런 생각이 들로 그나마 누그러진 내 기대들을 위로했다.

그러나 그게 마음대로 되질 않았다.

불과 이틀 전만 해도 이 사건을 빨리 넘겨버리고 싶다고 몸서리치던 나였는데, 가슴속에 자라난 열정은 쉽사리 사그라들 줄을 몰랐다. 그것은 아주 사적인 열정이었다. 내 인생에 가장 영화 같은 사건이었기 때문이다. 난 사건을 마무리 짓는 대신 휴가를 내고 이 사건을 좀 더 조사해 보기로 마음먹었다.

난 늘 입던 청 남방을 벗어던지고 우아한 감색 빛의 실크 셔츠를 꺼내 입었다. 늘 쓰던 가벼운 플라스틱 테의 안경을 벗고 조금 무겁기는 하지만 훨씬 중후해 보이는 것을 썼다. 제일 큰 변화는 신발이었다. 난 행사가 있을 때도 안 신던 구두를 꺼내어 신었다. 헤어진 전 여자 친구가 사준 구두였다. 안경과 신발이 무거워지자 내 행동거지도 덩달아 좀 점잖아졌다. 거울을 보니 어색하긴 해도, 제법 유식한 티가 났다. 영화감독 특유의 철학적인 풍모가 풍기지 않아 살짝 아쉬웠다.

'베레모를 써 볼까?'

안 어울릴 게 뻔했다.

'아, 시계!'

그렇지! 시계가 있으면 조금 더 아날로그적인 감성을 가진 데다 철학적으로 보이지 않을까 싶었다. 시계를 차본 지가 하도 오래되서 어디 있는지 찾을 수도 없었다. 좋은 건 아니지만 가죽이 오래되어서 오히려 더 멋스러워 보이게 할 시계가 하나 있긴 있었는데 말이다. 그때였다. 전화 한 통이 걸려왔다. 휴가 중인데다가, 사적인 전화는 거의 오지 않는 편이었다. 나는 얼른 달려가 확인해 보니 모르는 번호였다.

"네, 구로서 김종학입니다."

"안녕하세요, 형사님."

이지적인 목소리의 웬 여자였다.

"저 M이라고 해요."

"네?"

"죽은 Y의 친구예요."

나는 뜻밖의 전화에 감을 잘 잡을 수가 없었다.

"아, 예."

"뵐 수 있을까, 싶은데요."

"아, 예!"

나는 휴대전화와 지갑을 챙겨 들었다. 사건에 연루된 이들의 자료가 들어 있는 가방을 들고 나서려다가 문득 신발장 거울로 내 모습을 바라보았다. 어느 대학 철학과 교수나 영화감독으로 보이는 사내가— 헤지고 김칫국물이 튄 가방을 든 모습이 여간 우스꽝스러운 게 아니었다.

Y

"남편이 어제 출장을 갔어요."

"아, 예."

"아, 모르시겠구나. 깜빡깜빡해요, 지금 임신 중이거든요."

그녀는 그렇게 말하며 견과류가 가득 든 블루베리 주스를 한 모금 마셨다. 그녀는 육안으로는 전혀 임산부처럼 보이지 않았다. 팔뚝에 살이 좀 올라있기는 했지만, 유부녀치고 날씬했고 이목구비도 서구적으로 생긴 편이었다. 피부는 검은 편으로 오히려 생기 있어 보였다. 그녀 말투에는 여유로움이 묻어나 있었다.

"전화 끊고 나서야 생각났어요. M씨 이름, 어디서 들었나 했더니……."

"Y의 수사 기록에서 보셨겠죠."

"그러니까요. 그런 거 하나 체크 제대로 못하고……."

나는 영화감독으로서 디테일이 좀 부족합니다, 라는 말까지 나을 뻔했다.

“Y의 장례식에도 못 갔었어요……. 너무 충격적이었거든요. 결혼한 지도 얼마 안 됐었고요.”

“이해합니다.”

“그러니까 다들 더 난리였어요. 저랑 고등학교 때부터 단짝 사이이기는 했지만 다투기도 잘했거든요. 근데 걔가 결혼식장에는 나타나지도 않고, 우리 집에서…… 그런 끔찍한 일을…… 거기다가 제가 장례식장까지 안 갔으니까요.”

“두 분은 왜 다투셨죠?”

나는 슬쩍 수첩과 펜을 꺼내며 조심스레 물었다.

“순전히 Y의 열등감 때문이에요. 걘 분명 저처럼 살고 싶었던 거예요…… 아무리 그래도 그렇지……”

내 예상이 맞았다. 그녀는 달콤한 삶을 동경하지만 쓰디쓴 인생에서 벗어날 수 없었던 거다.

“계속 말씀해 주시죠.”

“돈 받고 남자들 만나고 다닌다는 이야기를 어디서 들었어요.”

그녀는 이런 이야기가 자신의 입에서 나오는 것이 상당히 불쾌하다는 표정이었다. 뱃속 아이가 혹시나 들을세라, 작은 목소리로 말했다. 나로서는 충격적이었다. Y가 그럴 사람이라고는 생각조차 못했었다. 미니홈피를 보니 남자가 많았지만, 그들을 돈으로 이용할 사람 같아 보이지는 않았다. Y가 필요했던 것은 그저 그들을 통해 누릴 수 있는 분위기 있고 화려한 저녁 식사, 빳빳한 가죽 시트가 깔린 고급스러운 세단의 조수석, 소재가 훌륭한 옷 몇 벌, 상류층 사람들에게서만 들을 수 있는 이야기 화제, 그녀의 긴장을 풀어주는 와인 몇 잔. Y는 그것으로 충분히 행복할 수 있었을 텐데 말이다.

"Y에게 직접 들은 이야기인가요? 어떻게 확신할 수 있죠?"

"네?"

난 힘주어 말했다.

"아닐 수도 있잖아요."

그녀는 나를 한참 뚫어져라 보더니 입을 열었다.

"형사님, 그 아이를 아세요?"

"네?"

"전 고등학교 때부터 알고 지냈어요."

그녀의 힘 있는 어조에 나는 당황해서 시선을 떨어뜨리고 말았다.

"아무튼…… 그 이후로 좀 멀리하려고 했었어요. 근데 다시 연락이 와서는 만나자고 하는 거예요. 남자 친구 생겼다면서. 평범한 사람이더라구요, 오히려 좀 다행이다 싶었죠."

평범하다니, 아무래도 D인 모양이었다.

"딱 봐도 그 오빠가 Y를 엄청 좋아하는 게 그냥 눈에 보였다고 해야 되나…… 그게 아무래도 여자한테 편하긴 하죠. 근데 Y한테 잘 어울리는 짝은 아니었어요. 나는 그 아이가 행복할 때 어떤 표정인지 알 거거든요. 근데 그 오빠랑 있을 때 그런 모습까지는 아니었어요. 뭐 둘이 있을 때는 어땠는지는 모르겠지만."

"Y는 언제 행복해했나요?"

나는 괜히 떨리는 마음으로 물었다.

"나랑 같이 쇼핑할 때?"

조금 예상은 했지만 정말로 그러한 대답이 나오자, 나는 순간 마음이 허탈해졌다. 같은 남자로서 D의 입장을 이해할 수 있을 것 같았다. D는 무직이었다. 그 전에 회사에 다니기는 했지만 사실 별 볼 일 없는 직장이었다. 그런 그는 아마도 Y를 만족시켜주기 힘들었을 것이다. 장례식 얘기만 들더라도 초라하기 짝이 없던 D였으니까.

(Y에게 미안한 이야기지만) Y는 D에게 엄청난 썅년일 수밖에 없다. 모든 남자에게는 그런 사랑이 있기 마련이다. 보통 그런 여자들을 '썅년'이라고 부른다. 꼭 그 여자가 나빠서 '썅'이라는 말을 쓰는 게 아니다. 그런 여자들을 만날 때의 찌질한 내 모습에 썅! 이라고 울분을 터뜨리게 만들어서 그런다. 자존심이 밥 먹여 주는 남자들에게, 스스로가 얼마나 비참한지를 깨닫게 한다는 거다. 남자는 그런 썅년을 아주 많이 사랑하게 된다. 물론 처음부터 썅년은 아니다. 그녀들은 보통의 여자처럼 섹스를 하고 나면 흥미가 떨어지는 것이 아니라 오히려 섹스를 하면 할수록 더 소유하고 싶고, 더 독점하고 싶어지게 만든다. 특출난 미인이나 꿈꾸던 이상형, 혹은 명기- 그런 것들과는 전혀 상관이

없다. '그녀'라는 이유, 그 존재만으로 사랑하게 되는 여자. 수동적이 아니라 능동적으로 함께 미래를 꿈꾸게 하고 나를 움직이는 그런 여자. 하물며 나의 돈과 시간을 아낌없이 쏟게 한다! 그러나 그런 여자들은 꼭 떠나간다. 이때부터 그 여자들은 썅년이 된다. 지나간 시간들은 모두 탁월한 연기였다는 듯 미련 없이 돌아선다. 떠나면 더 미련이 남는 것이 썅년들이다. D에게도 Y는 그런 썅년이 아니었을까. 그런 썅년들이 더 상스러운 이유는, 꼭 나한테만 썅년이라는 것이다. 가끔은 (딴 데서)상처받고 불쌍한 척을 하기도 해서 비난하기도 애매하게 만들고, 심지어는 힘든 상황의 틈을 비집고 들어가 그녀를 위로할 수도 있다는 희망을 주기도 한다. 이 정도까지 가면 정말 제대로 썅년이다.

"나한테 한 번은 돈 빌린 적도 있었어요."

M이 한쪽 팔을 소파에 기대며 이야기했다.

Y가 돈을 빌려달라는 연락이 온 건 작년 여름이었다. 사실 M은 봄부터 그녀와의 연락이 뜸했었다. 한번은 집에 초대를 하길래, 처음으로 Y가 산다는 집에 찾아갔다. 친한 친구이지만 보여주고 싶은 모습만 보는 게 나을 것 같아서 일부러 조르지 않고 있었다. 그녀는 기쁜 마음에 과일이랑 부티크에서 산 케이크를 바리바리 싸들고 그 집엘 들어섰다. 그녀는 마냥 신기했다. 드라마에서나 보던 집이어서 이리저리 살피고 있었는데, 자기가 괜히 민망해서 얼굴이 붉어지는 Y의 표정을 본 것이다. M은 그녀

가 무안할까 봐 그냥 과일과 케이크를 집에 두고 일이 있다며 나와 버렸다. 그러나 나오자마자 금세 후회했다. 조금 무안하더라도 궁둥이 붙이고 앉아 차라도 한 잔 마시고 나올 걸 싶었다. 그리고는 한 동안 뜸했던 Y가 꽤나 오랜만에 연락을 해서는 염치 불구하지만 돈을 빌려줄 수 있겠느냐고 물었다. M은 오히려 고마운 마음이 들었다. 모르는 남자들이 아닌, 자기한테 돈 부탁을 해줘서. 그리고는 무슨 일로 돈이 필요한지 물었다.

임신을 했어, Y가 대답했다. D의 아이인데 낳을 수 없어. 그 사람은 분명히 결혼하자고 할 거야. 그 사람은 너무 좋은 사람이지만 난 그 사람과 살 수 없어. 아이는 나보다 더 불행해질 거야. 그리고 그런 여자와 아이를 사랑하는 D는 더 불행해질 거야. 이 아이, 떼어내 버리고 싶어.

M은 곧장 Y를 만났다. 그리고 Y를 뜨겁게 안아주고 볼에 입을 맞춰주었다. Y는 아무 말 없이 그녀의 어깨에 깊은 한숨을 뱉아냈다. Y를 차에 태우고 병원을 돌아다녔다. 네 번째로 간 병원에서 수술을 해주겠다고 했다. 남자 의사라 꺼려졌지만 Y는 당장 급하니 그냥 하겠다고 했다. Y는 임신 7주째였다. 왜 이제야 말했냐고 꾸짖자, 돈 얘기 꺼낼 용기가 나질 않았어, 라고 대답했다.

소름끼칠 정도로 허무했다. 비인간적일 정도로 짧은 시간이었다. 아주 순식간에 수술은 끝나버렸다. 의식을 찾은 듯한 Y가 눈을 뜨자 수술을 집도했던 의사가 그녀들을 찾아왔다.

"수술 후에는 자궁이 깨끗해서 평소보다 임신이 더 쉬워요. 당분간은 성관계 하지 마세요."

의사는 그 말을 하고는 훽 돌아섰다. 그녀의 뱃속 아이를 갈랐을 칼보다 더 서늘한 공기가 그녀들을 감쌌다. M은 가슴이 아팠다. Y는 고개를 돌리고 쉬는듯 했지만 우는 것 같은 눈치였다. M은 아무 말도 하지 않았다.

그렇게 두 친구는 다시 가까워졌다. 정말로 말 못할 힘든 일을 나누었기 때문일까, M은 평소보다 그녀에게 측은한 마음이 들었다. Y는 회복이 끝나자마자 결혼 준비 중이라 정신없던 M을 따라 같이 고생해 주었다.

그러다가 가을쯤, 갑자기 모르는 번호로 온 전화를 받았다. D의 전화였다.

"미안한데, Y를 그만 만나면 안 되겠니."

D는 다짜고짜 그렇게 말했다.

"그게 무슨 말씀이세요?"

그는 조금 흥분한 듯했지만 일부러 억누르고 참고 있는 듯한 목소리로 대답했다.

"너…… 잘난 거 알아, 그래…… 다 알아, 안다고…… 근데…… 혼자 누리면 되잖아. Y는 좀 가만히 내버려두면 안 되냐?"

M은 그가 하는 말에 화가 나지 않을 수 없었다.

"갑자기 그런 말은 왜 하시는 거예요? 무슨 자격으로요."

"너만 만나고 오면 Y가 이상해진단 말이야, 아니 고통스러워

한다고. 이제 그만 약 올려. 우리 좀 그만 괴롭히라고!"

그렇게 버럭 화를 내고서는 전화를 끊어 버렸다. D는 알아듣지도 못할 말을 지껄였다. M은 하도 어이가 없어서 입에서 욕지거리가 다 나왔다. 그녀는 그날 통째로 기분을 망쳤다. 자꾸 D의 목소리가 떠오르고 거슬려서 여름날 종일 생리대를 갈지 않은 것처럼 찝찝한 기분마저 들었다.

아무리 M과 Y가 티격태격하는 사이라도 5년을 지지고 볶았는데, 겨우 반년도 안 된 남자가 해대는 말이라니! 게다가 Y를 제대로 행복하게 해주지도 못하면서 이래라저래라 하는 꼴이 우스웠다. 결국, 그건 자격지심이라고 밖에 할 수 없었다. 나를 만나고 오면 Y가 이상해진다고? 그는 거짓말까지 하고 있었다. 오히려 고통을 주는 쪽은 D였을 것이다. 아무것도 해주지 못하는 D. 꿩 대신 닭 같은 남자.

M은 그런 전화를 받고도 Y에게 아무 내색 하지 않았다. 그러나 그때 이후 Y의 행동이나 반응에 더 민감해질 수밖에 없었다. M과 함께 먹는 맛있는 음식, 함께 타는 고급 외제차, 그리고 그걸 타고 누비는 청담동 부띠크와 백화점들. 하지만 M이 본 Y는 그 순간에 정말로 행복한 것 같았다. 자기가 M이라도 된 듯, 함께 기뻐해 주고 행복해했다. M의 생각이 맞았다. 그토록 행복해하는 Y를 미치게 하는 건, 결국 집에 가서는 혼자 아무것도 할 수 없는 Y, 아무것도 누릴 수 없는 Y, 그리고 비슷한 것이라도 결국 아무 것도 해줄 수 없는 D라는 사실.

결혼식이 가까워져 오고 있었다. 날은 점점 쌀쌀해져만 갔다. 그럴수록 두 친구는 더욱 바빠지고 정신없어졌다. 주변에서는 두 사람이 함께 시집가는 것 같다는 이야기까지 나올 정도였다. Y는 호탕하게 웃어넘겼고, M은 그런 Y에게 더욱 고마웠다. 그때 D에게서 두 번째 전화가 왔다.

내 말이 말 같지 않느냐. 만나지 말라고 했을 텐데, 왜 자꾸 만나냐, 너도 날 무시하느냐.

그는 꽤나 감정적이었다. 우리는 5년 된 친구 사이이고, 하물며 Y의 남편도 아니면서 무슨 자격으로 이러냐고 따졌다. M은 그럴수록 이성적으로 그를 대했다. 감정적인 그와 똑같이 대응하면 같은 수준으로밖에 보이지 않을 것 같았다.

"네? 대답해 보시라고요."

M이 따지듯 한 번 더 물었다.

"내 여자니까."

D가 나지막하게 대답했다. 내가 해주는 거 누리고 살아야 할 애 인데, 왜 네가 겉멋을 들게 하느냐, 자기 분수에 맞게 살게 좀 내버려 둬라, 진짜 친구로서 그 아이를 위한다면 네가 그러는 게 아니다…… 거의 나중에는 화를 내다 못해 거의 타이르다시피 말했다.

"너무 힘들어서 그래…… 내가……"

"걔…… 오빠한테 그런 거 바라지 않아요."

사실, 걔는 오빠가 그런 거 못해 줄 사람인 거 알아요, 라고 말하고 싶었지만 꾹 참았다.

"응. 바라지 않는다는 거 알아. 근데 나한테만 바라지 않을 뿐이지, 속으로는 원하고 있잖아. 그게 문제라고."

M은 괜히 자기 속마음을 들킨 듯 뜨끔했다.

"이상하게 들릴 수도 있겠지만, 너 만나고 온 날마다 애가 악몽을 꾸거든. 괴물이 Y를 괴롭히는 악몽."

괴물이라니, M은 그가 헛소리를 한다고 생각했다. Y가 그녀를 만나고 집에 온 날이면 세상에서 제일 우울한 얼굴로 잠자리에 든다는 것이다. 잠자리에만 들뿐 아주 오랫동안이나 잠들지 못하다가 결국 맥주에 수면제를 입에 털어 넣어야 잠들 기미가 보인다는 것이다. 그런 그녀가 행여 잠에서 깰세라 D는 엄청 조심한다고 했다. 자기가 서서 자고 있는지, 앉아서 자고 있는지 모를 정도로. 그토록 힘들게 잠에 드는 그녀가 너무도 안쓰러워서 보고 있기 힘들다고 했다. 그러다가 그녀가 아주 힘겹게 잠이 든 것 같아 그제야 그도 잠이 들라치면, 그녀는 어김없이 식은땀을 흘리며 깨어난다고 했다. 화려한 괴물이 나타나 그 집과 D를 모조리 다 집어삼키는 꿈을 꾸느라고 말이다. 그런데 그 괴물이 과연 M 때문이라는 말인가.

"꿈은 무의식중에 바라는 거라던데."

M은 헛소리를 듣다못해 불쾌한 기분을 참지 못하고 그렇게 말한 뒤 전화를 끊어 버렸다.

그리고 며칠 후 M은 Y를 만났다. Y는 이전과 같은 모습으로 그녀를 대했다. M은 Y를 데리고 백화점에 갔다. 그리고 그녀에게 옷 한 벌을 사주었다. 평소 Y가 눈독을 들이던 연한 오렌지색 블라우스에 흰색 펜슬스커트였다. 그리고 거기에 어울릴만한 진녹색 트위기 코트, 그리고 검은색 이브 생로랑 스틸레토 힐까지. Y의 모습은 우아하고 환했으며 완벽했다.

"이거 정말 나 사 주는 거야?"

Y는 믿지 못하겠다는 듯 물었다. 마치 오랫동안 가지고 싶던 쥬쥬 인형을 손에 쥔 어린아이 같았다.

"응, 넌 내 제일 친한 친구잖아. 선물이야. 내 결혼식에 입고 와."

Y는 설렘을 잔뜩 머금은 호흡으로 거울 속 자신의 모습을 바라보았다. 흡족하다 못해 감격한 표정이었다. 그렇게 화려하고 비싸진 자신의 모습을 한참을 들여다보고 있었다. M은 완벽한 그녀의 모습 위로 떠오른 Y의 표정을 바라보았다. Y의 눈빛이 곧 떨어질 운성처럼 반짝거리며 불안하게 흔들리고 있었다. 순간 M은 그런 그녀의 모습이 두려웠다. 마치 무슨 일을 벌일 사람 같았다.

"그런데 있잖아, M."

"응."

M이 아무렇지 않은 척 대답했다.

"내 손목 너무 허전한 것 같지 않니?"

Y는 자신의 모습에서 시선을 떼지 않은 채 말했다.

"알겠어, 거기에 어울리는 브레이슬렛도 하나 사자."

M이 대답했다. Y는 아직 길이 들지 않은 빳빳한 소가죽 힐을 신은 채로 걸어와서는 M을 껴안고 뺨에 입을 맞추었다.

"저는 정말 그때까지는 몰랐어요."

M의 동공이 갑자기 떨리며 말을 이었다.

"그리고 결혼식 일주일 전, 뜬금없이 Y로부터 결혼 축하한다는 메시지가 왔어요. 저는 아무 생각 없이 고맙다고 했죠. 결혼식 날, Y의 헤어와 메이크업까지 샵에 예약해 두었는데 나타나지 않았어요. 저는 무슨 일이 있나 싶었지만, 너무 정신이 없어서 우선 제 할 일이 신경을 썼죠. D가 결혼식장에 왔길래 Y는 어디 있냐고 묻자, 모른다고 하더라구요. 무슨 일이 생긴 건 아닌지 정말 걱정이 되었어요. 신혼 여행지에 가서도 계속 Y에게 전화를 했지만 받지 않았어요. 수신이 정지된 상태라고 했어요. 가면 정말 수소문을 해서 알아봐야지, 어디 있는지 밝혀지면 이놈의 기집애 혼쭐을 내줘야지 생각했어요……그런데……."

M은 더 이상 말을 잇지 못하고 눈을 질끈 감았다. 그녀는 무척이나 힘들어 보였다. 내가 그녀 대신 말을 이었다.

"집에서 발견된 거군요?"

그녀는 고개를 끄덕인 후, 가빠진 호흡을 진정시키느라 한 손으로 가슴을 움켜쥐고는 떨리는 목소리로 말했다.

"네…… 제가 사 준 그 옷을 입고 말이죠…… 구두와 팔찌까지 완벽하게…… 샹들리에 밑에 매달린 Y는 눈부실 정도로 화려하고 아름다웠어요. 아마 결혼식에 왔었다면 최고의 하객이었을 거예요.”

나는 그날 밤 잠을 이룰 수 없었다. 무중력 상태라고 해도 좋았다. 서에서 오는 전화나, 차와 박의 전화는 모조리 무시한 채 집에 돌아와 그저 쓰러질 듯 누웠다. 눅눅한 침대에 누워 그저 천장을 우두커니 바라보았다. 오직 눈꺼풀의 무게만이 나를 자극했다.

나는 샹들리에에 매달려 있을 그녀의 모습을 상상했다. Y가 입고 있었을 모든 것이 내 머리 위에 그려졌다. 연한 오렌지색 블라우스, 흰색 펜슬스커트, 진녹색 트위기 코트, 골든 빛 브레이슬렛, 검은색 빳빳한 이브생로랑 스틸레토 힐. 발등이 아치를 그리며 우아하게 솟아 있었다. 힐은 얇지만 꼿꼿이 그녀를 받치고 있었다. 귀족적이고 도도한 상류층의 자태였다. 내 발목이 뻐근해지는 느낌이었다. Y는 그것을 신고 죽었다. 그녀 밑에 누워 있는 나는 그녀의 발밑을 바라보았다. 깨끗하다 못해 거부감이 들 정도로 매끈한 구두의 밑창을, 그녀는 발끝까지 빈틈이 없었다. 내 방에 어울리지 않는 고급스럽고 화려한 샹들리에에 매달린 그녀가 천천히 흔들렸다. 나는 그녀 밑에 변함없이 누워 있었다. 샹들리에가 아슬아슬해 보였다. 결국, 그녀는 힘없이 추락했다. 그녀의 날카롭고 꼿꼿하고 고급스러운 힐이 나의 배를 가차 없이 찔렀다. 나는 비명을 지르며– 꿈에서 깨어났다.

집에서 서까지 걸어서 17분쯤 걸린다. 두터운 외투를 걸치고 나와 서까지 걸었다. 간밤에 식은땀을 흘린 탓인지 감기 기운이 더 심해진 것 같았다. 늦게 떠오른 해는 아직 나보다 졸린 듯 보였다. 가을과 겨울, 건조한 계절의 틈바구니 그 중간쯤에 있었다. 까칠할 만큼 까칠해진 얼굴에 표정을 싣는 것이 힘겨웠다. 웃을 수도, 찌푸릴 수도 없었다. 그저 묵묵히 걸었다. 그리고 묵묵히 있었다. 날씨처럼 마른 표정으로 인사를 받고, 커피를 마셨다. 시간은 무미건조하게 흘러갔다. 내 몸에 남아 있는 물기라곤 오직 눅눅한 그녀에 대한 환상뿐이었다. 섹시하고 찐득한 검은 물.

관음

"이게 뭐야?"

내 책상 위에 꽃무늬 종이에 인쇄된 글 몇 장이 올려져 있었다. 누가 뽑아 왔는지 꽃들 따위는 중요하지 않다는 듯 흑백으로 된 인쇄되어 있었다.

"그거 다이어리 어플리케이션에 있던 건데요."

"다이어리 어플리케이션?"

"네. H 유품들 중에 태블릿 PC가 있었는데, 어차피 복구가 안 되거든요. 혹시나 해서 미국에 요청해서 어플리케이션 구매 목록을 좀 받아 봤는데…… 일기가 있더라구요. 그거예요."

일기는 길지 않았다. 짤막하게 두서없이 쓰여 있었다. 왜 이것을 흑백으로 인쇄해 왔는지 알 것 같았다. 내용과 배경 무늬가 도무지 어울리지 않았다. H는 아무래도 배경 설정 바꾸는 방법을 몰랐던 것 같다. 그렇다고 종이 노트에 써서 보관할 수도 없는 내용이니 어쩔 수 없었을 것이다.

1.

빨리 이사를 가고 싶다.

나는 잠을 제대로 자본 게 언제였더라? 기억도 나질 않는다. 보통 새벽 4시가 넘어서야 마음이 놓인다. 그때가 되면 쓰레기차도 다니고, 동네에 새벽기도 가는 아줌마, 아저씨들도 다니니까…… 곧 해도 뜰 테고.

그 전에는 정말 불안해서 잠을 잘 수가 없다.

매일 회사에서 돌아올 때마다, 현관 문 손잡이를 확인한다.

또 그 사람이 만지고 간 게 뻔하다.

견딜 수 없다.

오늘도 가방에서 휴지를 꺼내서 닦고, 또 닦은 다음 문을 열고 들어왔다.

2.

무서워서 미치겠다.

지금도 날 보고 있을 것 같다.

자기 이야기를 쓰는 걸 알까 봐 무섭다.

그래서 지금 일부러 밝은 음악을 틀어 놓고 이 일기를 쓰고 있다. 친구랑 문자 주고받는 척하면서. 일부러 밝은 표정을 지으며 웃는 척도 한다. 내가 내 집에서 이런 병신 같은 연극을 하고 있다. 연극이 맞다. 날 보고 있는 사람이 있으니까.

도대체 나한테 왜 이러는지 모르겠다. 왜 하필 나인 건지 모르겠다.

벌써 한 달은 넘은 것 같다.

경찰에 전화할 용기는 나지 않는다. 그는 내가 퇴근할 때부터 줄곧 날 따라오는 것 같다.

일부러 친구랑 전화 통화를 한 적도 많다.

그렇지만 그렇게 되면 친구의 이야기를 듣느라고 밖에서 무슨 소리가 들리는지, 모를 때가 많다.

가짜 통화를 하면 그 싸이코가 알아챌 것만 같다. 그가 아무것도 하지 않고, 날 지켜만 본다는 게 더 나를 옥죄어 오는 느낌이다. 숨 막혀서 죽을 것만 같다…….

3.

오늘 비가 온다고 해서 분명히 화장실 창문을 닫아놓고 나갔다.

그런데 퇴근해서 샤워를 하려고 들어갔는데- 창문이 조금 열려져 있었다.

진짜 미쳐버릴 것만 같다.

4.

매일 퇴근을 하면 옷장, 문 뒤, 다 열어보고 확인해 봤었다.

그런데 그게 다 쓸데없는 짓이라는 걸 안다. 그는 절대로 집에 들어오지 않는다.

그저 내가 알지 못하는 어느 굉장히 가까운 곳에서 날 지켜보고 있다.

지금도 그렇다. 난 그가 어디 있는지 모르지만 그 눈빛을 피부로 느낄 수 있다.

5.

이 집에 처음 이사 왔을 때부터 예감이 안 좋았다.

어떤 술 취한 망나니가 와서 행패를 부리더니만!

이 집이 싼 데에는 다 이유가 있었다. 이 집은 반지하치고도 너무 싸니까.

빨리 돈을 모아서 이사 가고 싶다.

비싸도 좋으니 제발 안전한 곳으로 가서 살고 싶다.

햇빛도 잘 들고, 경찰들도 자기들이 알아서 나와서 순찰을 잘 돌아주는 그런 동네로……

요즘 같은 심정이라면 좋은 집에 이사 가기 위해서 무슨 일이든 할 수 있겠다는 생각이다.

난 이 집이 너무 싫다.

6.

난 오늘 그 싸이코와 마주치고 말았다.

난 단번에 그가 매일 날 지켜보는 그 사람이라는 것을 알 수 있었다……!

그는 이 집 건물 현관에서 나오고 있었다.

나는 하마터면 다리가 풀려 주저앉아 소리를 지르거나 도망갈 뻔했다.

그러나 그렇게 되면 그는 날 따라올 것이며, 내가 잡히거나 잡히지 않더라도 문제였다.

내가 그의 얼굴을 알게 된 이상 그는 이제 날 가만두려 하지 않을 것이기 때문이다.

난 그의 얼굴을 모르는 척했다.

난 아주 태연하게 행동했다.

그 사람이라는 걸 알 수 있었던 건 바로 냄새 때문이었다.

나는 그 사람에게서 특유의 냄새, 정확하게 향이 있다는 사실을 오늘에야 처음 깨달았다.

언젠가부터 집 현관, 그리고 창문 근처에서 머스크 향이 났던 것 같다.

늘 백화점에서 맡던 익숙한 향이라 인식하지 못하고 있었다.

그런데 오늘 그를 마주치고…… 알게 된 것이다.

그는 오히려 자기가 더 놀란 듯했다.

나와 마주칠 줄 몰랐던 모양이다. 그는 허겁지겁 달리기 시작했다.

나는 휴지로 손잡이도 닦지 못하고……… 그가 들을세라 태연한 속도로 문을 열고 집에 들어가 한참 동안이나 현관문에 귀를 대고 손을 입으로 막은 채 숨죽이고 있었다. 밖은 고요했다. 방으로 들어와 그의 눈빛을 느껴보려 했다. 아무 기분도 들지 않았다.

그는 다시 돌아오지 않을 모양이다.

그래도 무섭다.

마지막은 사건 당일의 일기였다.

사건 당일.

사건 당일……

사건 당일……!

"이거 진짜 H가 쓴 거 맞아? 확실해?"

"네."

박 형사가 대답했다.

"당장 김진호 찾아와."

"갑자기 김진호는 왜……"

의아해하며 묻던 박 형사는 얼마 지나지 않아 표정이 굳어지기 시작했다. 그리고는 차 키를 챙겨서 허겁지겁 나갔다.

김진호는 집에 없었다. 그는 이미 짐을 챙겨 떠난 뒤였다. 그는 장례식이 끝나자마자 떠났다. 그의 부모는 그가 수능 전까지 잠시 절에 들어가서 정리하고 온다고 말했단다. 어느 절이냐고 묻자, 그것은 알지 못했다.

우린 지원을 요청했고 모든 걸 동원해서 김진호 잡기에 혈안이 되었다. 감이 느린 건지, 머리가 나쁜 건지 박 형사는, "별안간 김진호는 왜……?"라며 물었다.

"이거 D가 자기 훔쳐 보던 거 쓴 일기잖아요. 여기 다 나와 있는데 굳이 왜요?"

"여기 그게 D라고 나와 있냐?"

"아니요, 그야 당연히……."

"당연히가 어디 있어! 기억 못 해? 분명 김진호는 그날 H랑 집에 같이 있다가 헤어진 거라고 했었어."

이뿐이던가. 이게 만일 정말 H의 일기가 맞는다면, 김진호의 진술들은 정말 모두 거짓이었다. H는 자신을 지켜보던 그 남자가 자기에게 왜 이러는지 모른다고 했다. 그러나 김진호는 그 남자가 원하는 것은 그 집이었고, 그것을 내놓으라고 협박했다고 말했었다. 모두 김진호의 시놉시스대로 움직인 것이다. 그리고 나는 꼭 그 설계자를 붙잡고 싶었다. 도대체 어떻게 된 일인지 꼭 알아내야만 했다.

김진호

김진호는 보면 볼수록 미남이었다. 흰 피부에 눈동자 위에 스며든 속 쌍꺼풀, 오똑 솟아 있는 얄쌍한 콧날, 입술은 도톰하고 짧았으며 턱선은 여성스러웠다. 그의 눈빛은 그가 총명한 사람임을 말해주고 있었다. 177cm 정도의 키에 마른 체형이었다. 그의 머리는 덥수룩했고 며칠 정도는 면도를 하지 않은 상태였다. 그래도 잘만 씻겨 놓으면 요즘 어린아이들이 좋아할 만한 미소년일 것이 분명했다.

그가 발견된 곳은 버스터미널이었다. 그는 지방에 내려갔다가 서울로 올라오던 길에 붙잡힌 것이다. 지방에 가니 모두들 서울에서 일어난 화재 사건에 대해 떠들었다. 그는 당혹스러웠다. 오히려 서울은 정치나 경제 같은 것에나 관심이 있지 그런 동네 사건에는 큰 관심을 가지지 않았다. 지하철이나 버스를 타도, 오히려 서울 사람들은 휴대전화로 뭘 보느라 주변에 관심도 없을뿐

더러, 사람도 많아서 더 안전하다고 생각한 것이다. 그러다 덜컥– 터미널에서 붙잡힌 것이다.

그는 아무 말이 없었다. 이미 그가 한 거짓말들이 모조리 들통난 것을 아는 것이다. 그는 조금 불안해하는 것 같았다. 그는 이곳에서 더는 도망칠 수 없다는 것을 느끼고 있는 듯했다. 서에 가까워져 오자 지그시 눈을 감았다. 차분했지만 그 안에 떨쳐낼 수 없는 허탈함이 있었다. 그는 이제 진실을 말할 순간이 다가오고 있다는 것을 알고 있었다. 더는 그가 빠져나갈 곳은 없었다.

우리는 그가 메고 있던 배낭을 열어보았다. 속옷과 양말, 트레이닝 복 바지 한 벌, 긴소매와 반소매 티 한 장씩이 있었다. 그리고 하마터면 빠뜨릴 뻔한 것이 있었다. 두꺼운 등산 양말 사이로 숨겨진 종이 뭉치.

내가 양말 사이로 그것들을 꺼내는 순간, 김진호는 모든 것이 끝났다는 듯 갑자기 펑펑 울음을 터뜨리기 시작했다. 그것은 김진호의 가장 큰 비밀이었다. 그것이 바로 그가 토해내야 했던 마지막 진실들이었던 것이다. 김진호는 그것들과 함께 아무도 모르는 곳으로 도망치려 했던 것이다.

A4 용지 16장 분량 정도의 편지글이었다. 그것들은 다소 진지하고 촌스러운 느낌의 글씨체였다. 아마 김광석의 노랫말을 옮기라면 그 글씨체가 어울릴 것 같았다.

글씨체에는 망설임이 없었지만 자신감도 없었다. 고뇌의 흔적은 없었지만 가볍지 않았다. 거기엔 해저와 같은 깊숙한 슬픔이 묻어났다. 그리고 알 수 없는 생 날것의 냄새가 흘렀다. 난 본능적으로 그것이 수컷의 것이라는 것을 알 수 있었다. 그러나 고작 스무 살짜리 수컷의 것과는 달랐다. 신선하기보다 비릿했고 농염했다. 그 편지들은 D가 H에게 쓴 것들이었다. 편지의 내용은 섬뜩하리만치 충격적이었다. 〈몽정의 편지〉라고 이름 붙여진 편지들이었다.

"H에게 쓴 편지가, 왜 너한테 있는 거냐."

나는 그에게 더는 존댓말을 하지 않았다.

"저런 더러운 편지들을 누나가 읽게 하고 싶지 않았어요."

김진호는 만져보지 않아도 알 수 있는, 당장에라도 끓어오를 듯 뜨거운 눈물을 흘리고 있었다.

"그럼 이것들을 네가 훔쳤다는 말이야?"

"네."

"모두 다?"

"네, 아마도."

"네가 도대체 무슨 자격으로? 넌 H의 남자 친구가 아니잖아."

"함부로 말하지 마!"

김진호는 소리치며 말했다.

"넌 H와 어떤 관계지?"

"그게 중요한가요? 난 누나를 지켜주려고 했었어요, 정말이에요. 내가 아니면 누가 누나를 지킬 수 있겠어요?"

김진호는 꽤 슬퍼 보였다.

"이 〈몽정의 편지〉들은 왜 훔친 거냐고?"

"〈몽정의 편지〉…… 그래요, 이건 정말 이름부터 좆같은 편지잖아요. 네? 형사님 방금 다 읽으셨잖아요. 이런 걸 어떻게 아끼고 사랑하는 사람이 읽게 할 수 있나요? 전 정말로 누나를 지켜주려고 했어요…… 진심이에요. 전 정말로 노력했다고요."

김진호는 그렇게 말한 뒤, 수갑을 찬 상태로 손을 주머니에 가져갔다. 차 형사가 그를 붙잡으려 했지만 내가 그냥 두라고 손짓했다. 그는 주머니에서 구겨진 쪽지 한 장을 꺼냈다.

"이것만 내가 빨리 그 집에 가져다 놓았어도, 누나를 지킬 수 있었어……"

김진호는 눈물을 주르륵 떨어뜨리고는 가만히 눈을 감았다. 감긴 눈은 분명 어딘가를 바라보고 있었다. 그곳은 우리가 볼 수 없는 세계였다. 그곳이 사건 현장인지, 아니면 죽은 이들이 있는 어떠한 세계인지 우리들은 알 수 없었다. 뭐하는 짓이냐고 묻고 싶었지만, 김진호의 분위기가 사뭇 거룩하기까지 해서 아무도 그에게 말을 걸 엄두를 못 내었다. 고작 스무 살 청년에게서는 나올 수 없는 에너지였다.

D에게.

당신의 편지를 읽고 마음 아파하고 있어요.

그러니 슬퍼 말고 노여워 마세요. 제발이요.

–프롬 H.

〈몽정의 편지〉의 존재 따위에 대해서 알지도 못하는, H의 답장이었다. H를 지킬 수도 있었다는 그 쪽지에는 이렇게 쓰여 있었다. 그는 결국 D에게 그것을 전달하지 못한 것이다. 나는 그것을 가져가서 냄새를 맡았다. 땀에 밴 듯한 짠내와 함께 머스크향이 배어 있었다.

김진호는 천천히 눈을 뜨더니 입을 열었다.

"고3, 그러니까 작년 여름 방학 때 H 누나를 처음 봤어요. 편의점에서요. 그날 비가 너무 많이 왔었어요. 집에서 공부를 하다가, 너무 집중이 안 되어 무작정 밖에 나왔어요. 갈 데도 없고……. 그러다가 출출해서 편의점에 들어갔어요. 그러다가 우린, 만난 거죠. 내 옆에서 누나가 컵라면을 먹고 있었어요. 나도 모르게 손을 뻗어 누나를 만질 뻔했어요. 정말 너무 예뻤어요. 옆에 세워둔 우산에서 빗물이 뚝뚝 떨어지고 있었고……. 누나의 희고 가느다란 발목이 빗물에 젖고 있었어요. 여자 복숭아뼈가 그렇게 예쁜지 처음 알았어요. 아기같이 희고 통통한 볼살에, 발목은 한 줌도 되지 않을 것 같았어요. 누나는 빗물에 발목이 젖는지도 모른 채 라면에 열중하고 있었어요. 긴 머리카락을 한

쪽으로 넘기고는 고로로– 소리를 내며 국물을 들이켰어요. 솜털이 보송보송한 목덜미가 국물을 삼키느라 꿀렁꿀렁거렸어요. 진짜 손으로 확 움켜쥐고 싶었어요. 왜 말들이 없어요? 내가 이상한 건가요?"

그렇게 김진호는 H를 처음 만났다. 자기를 넋 놓고 바라보던 김진호를 눈치챈 H는 무언가 창피한 마음에 먹던 라면을 얼른 내려놓았다. 방해하려던 게 아니던 김진호는 괜히 미안해졌다. H는 우산을 챙겨 허겁지겁 나가며 김진호의 몸에 우산을 부딪쳤다. 빗물이 김진호의 몸에 닿았다. 그녀도 미안했지만 순간 어색한 마음에 사과의 말을 전할 틈도 없이 후다닥 그곳을 빠져나갔다. 김진호는 반바지 밑 종아리 사이로 흐르는 빗물을 훔쳐내며 그녀의 뒷모습을 바라보았다. 동그란 우산 밑으로 가느다란 발목이 분주히 움직이며 걸음을 옮겨갔다. 저 얇은 발목으로 온몸을 지탱할 수 있다는 게 참 신기하다고 생각했다.

김진호는 그녀를 잊을 수 없었다. 자꾸만 그때 생각이 났다. 그저 한 번만이라도 다시 그녀를 보고 싶은 마음에 일부러 그 편의점 근처에서 서성거렸지만 헛수고였다. 그는 한동안 그녀를 볼 수 없었다. 그는 그녀를 다시 못 볼 거라고 생각했다. 우리 동네에 사는 사람이 아닌가 보다 생각해 보기도 했다. 그래도 보고 싶었다.

그녀를 다시 본 건 작년 11월 30일이었다. 김진호는 그렇게 기억하고 있었다. 수능 성적표가 나와서 친구들과 술을 좀 마신 날이었다. 호기롭게 술집에 들어서던 그들은 겨우 각 1병씩도 못 마시고 꿀좋게 취했다. 겨우 술을 깨려고 눈길을 걸었다. 발길이 닿는 대로 향한 곳은 편의점이었다. 음료수를 하나 사서 남아 있는 술기운에서 깨보려고 노력하던 중이었다. 그의 눈앞에 익숙한 흰 발목이 스쳐 지나갔다. 잊힐래야 잊히지 않고 매일 밤 그를 잡던 그 발목이었다. 그는 순간적으로 고개를 들었다. 역시나, 그 누나의 뒷모습이었다! 그는 자기도 모르게 자리에서 벌떡 일어섰다. 그녀는 김진호를 보지 못한 것 같았다.

김진호는 편의점에서 나온 그녀의 뒤를 밟았다. 아주 본능적인 행동이었다. 김진호는 6개월 동안이나 그녀를 다시 보길 원했다. 다시는 볼 수 없을 거라고까지 생각했던 그녀였다. 이번 기회를 놓칠 수 없었다. 말을 걸 용기도 없었다. 아무런 계획 없이 그녀의 뒤를 밟았다.

그녀는 이런 날에 어울리지 않게 플랫슈즈를 신고 눈이 쌓인 곳으로만 걸었다. 흰 발목이 금세 벌게졌다. 김진호는 그녀의 발자국을 따라 조용히 걸었다. 그의 몸속의 알코올이 오토바이 시동을 걸듯 그의 몸을 부르릉 켰다.

"으드드."

김진호의 입술과 몸이 떨렸다. 그는 점퍼를 여몄다. 따져보면 택시를 타야 마땅할 거리였다. 이런 날 밤에 유유자적 혼자 눈 오는 밤길을 걷다니.

'저 누나는 분명 남자 친구가 없을 거야. 그런데 혼자 어디를 가는 걸까?'

밤 12시경이었다. 김진호는 그녀가 행여나 뒤를 돌아볼세라 조용히 그 발자국을 밟고, 또 밟았다. 그는 그녀의 발자국을 따라 걷느라 좁은 폭으로 아장아장 걸은 자신이 재밌어서 피식 웃음이 흘렀다.

벽돌로 지어진 낡은 건물 앞에 그녀의 발길이 멈추었다. 다세대 연립주택이었다. 주변은 한산했다. 그녀가 갑자기 뒤를 돌아보았다. 뜻밖의 행동에 진호는 황급히 전봇대 뒤로 몸을 숨겼다. 그녀가 우산을 접어 탈탈 털자 우산에 기대고 있던 하얀 눈발이 힘없이 후드득 떨어졌다. 건물 현관에서 단화 바닥에 들러붙은 눈을 긁어냈다.

그녀가 뒤를 돌아 건물로 들어섰다. 김진호는 그럴 마음은 애초에 없었지만, 이왕 여기까지 온 김에 그녀가 정확히 어느 층, 어느 호에 가는지 알고 가야겠다고 생각했다. 그녀가 여기에 사는 지, 아니면 친구나 혹은 남자 친구 집에 놀러온 것인지 모르기에 다시 찾아올 생각은 아니었다. 단지 알고 싶었을 뿐이다.

그녀는 김진호의 예상을 깨고 밑으로 내려갔다. 당연히 2층이나 3층 즈음으로 갈 줄 알았었는데, 그녀가 향한 곳은 반지하였다. 움푹하고 깊숙하고 어둡고 음침한 위치에 있는! 밝고 희고 통통한 볼을 가진 그녀와는 전혀 어울리지 않았다. 그러나 그녀는 정말 거기에 사는 게 분명했다. 밑에서 그녀가 익숙하게 눌

러대는 번호키 소리가 현관을 울려 그에게까지 다 들렸다. 잠시 후 땅 위로 반쯤 빼꼼히 고개를 내민 창문에 불이 들어왔다. 켜진 불빛이, 나 집에 잘 들어왔어, 하고 그를 안심시키려는 것으로 보였다. 창문엔 연두색 커튼이 드리워져 있었다. 그는 한참을 그렇게 그 집을 바라보았다. 집 안의 아무것도 볼 수 없었다. 그렇지만 왠지 그것이라도 보고 있노라니 마음이 따뜻했다. 그는 그녀와 이 밤을 공유하고 있었다. 그 집엔 그녀를 반겨주는 사람이 없었다. 거긴 그녀 혼자만의 집이었다. 그녀는 동굴 속에 피어난 노란 꽃처럼 그렇게 동굴 속을 환히 비추고 있었다.

김진호는 왜 6개월 동안이나 그녀를 볼 수 없었는지 알게 되었다. 거의 막차가 끊길 시간에 집에 오는 날에만 편의점이 있는 골목을 통해 집에 왔다. 평소에는 지하철을 타고 9시쯤 귀가했다. 지하철역에서 그녀 집까지 오는 길은 반대쪽 큰길이었다.

그녀는 20대 초반 정도의 직장인으로 보였다. 김진호는 정류장 옆 편의점에서 라면을 먹고, '혼자 사는 (것 같은)' 누나의 뒤를 지켜주는 것이 일상이 되었다. 주말에는 출근하지 않았다. 누나는 정말 남자 친구가 없는지 주말 내내 집에 있었다.

'저 안에서 누나는 뭐할까?'

아마 쌔근쌔근 아이처럼 낮잠을 잘 것 같았다. 평일에 못 본 밀린 드라마들을 보며 혼자 맥주도 한잔 하지 않을까.

그렇게 두 달이 지났다. 김진호에게는 매일매일이 새로웠고

날은 갈수록 차가워지고 잔혹해져 갔다. 하느님이 네가 어디까지 할 수 있나 보자며 일부러 날씨를 험악하게 만드시는 것 같기도 했다. 눈도 뿌리고, 얼게도 하고, 따뜻한 척 안심시켰다가 다시 살을 에는 칼바람을 보내고. 그러나 그는 추위에 볼따구가 깨질 것 같아도 그 집 앞에서만큼은 실실 웃음이 나왔다.

'팔불출 같은 놈.'

하느님은 그리 생각하셨을 거다.

물론 김진호가 그 집 앞에서 서성거리기만 한 것은 아니었다. 누군가를 좋아하면 그 사람의 사소한 것까지 알고 싶어지기 마련이다. 우선 알아야 할 것은 누나의 이름이었다. 우편함에서 쉽게 누나의 이름을 확인할 수 있었다. H. 이것이 그녀의 이름이었다. 그는 몇 번이고 그녀의 이름을 읊조렸다.

8시 반 출근, 9시쯤 퇴근. 그녀는 보통 음악을 들으며 귀가했다. 듣는 음악은 음악 스트리밍 사이트에서 골라주는 최신 가요들인데 촌스러운 풍의 발라드를 좀 오래 듣는 편이었다. 평소 친구들과 노래방 가는 것을 좋아할 것 같았다. 옷 입는 스타일로 보아 여성스럽지만 세련된 편은 절대 아니었다. 요상한 디자인의 파스텔 톤 원피스나 코트 종류를 즐겨 입는 편이었다. 다리는 정말 가늘고 예쁜데 늘 스타킹 컬러 선택이 늘 에러였다. 거기에 늘 플랫슈즈 아니면 깨끗하지 않은 구두를 신고 다녔다. 그는 돈을 모아서 새 구두를 사가지고는 그녀 집 앞에 놓고 갈까 생각했지만, 누나가 무서워할 것 같아서 그만두었다. 늦잠을 잔 날에는 머리도 말리지 못하고 젖은 채로 출근길에 나서는 습관 때문인지 머릿결은 늘 푸석푸석했다. 그래도 피부 하나는 끝내줬다. 오렌지색 립스틱이 어울리는 누나의 흰 피부는 겨울 햇빛을 보란 듯이 반사하고 있었다.

매일 그 집을 보고 있노라니, 그는 아무것도 걸치지 않은 누나의 모습이 궁금해졌다. 그는 그녀의 일상을 알고 있는 유일한 남자였다. 그러니 그런 것을 궁금해하는 것이 어쩌면 당연하다고 생각하며 스스로 죄책감을 떨쳐냈다. 저 촌스럽고 쓸데없는 것들을 거둬낸 순도 백 퍼센트의 누나를 말이다. 비릿한 조개껍질 사이, 젖은 머릿결로 하얀 몸덩이를 감싼 비너스의 모습일 것 같았다.

저토록 자기를 꾸밀 줄 모르는 여자는 남자의 사랑을 제대로 받아본 적이 없는 여자일 것이다. 남자가 단순히 배출의 욕구를 해소하기 위해서 필요한 여자의 몸뚱이가 아니라 꼭 여기에, 이곳에, 이 여자 몸에 싸버려야 한다고 느끼는! 누나는 그런 오롯한 욕구의 대상자가 되어본 적이 없어 보였다.

오롯한 욕구의 대상자가 되어본 여자들은 최소한 촌스럽지는 않은 법이었다. 오롯한 욕구의 대상자가 되는 순간, 여자는 다시 태어난다. 온몸 구석구석 사랑을 받고, 그동안 상처받았던 기억들이 모두 치유된다. 자신이 얼마나 소중한 사람인지 알게 된다. 그녀의 귓등, 손가락 마디, 겨드랑이, 배꼽, 무릎, 검지발가락. 어디 하나 소중하지 않은 곳이 없다. 그녀는 소중함 덩어리다. 당신은 사랑받기 위해 태어난 사람이라는 노래가 떠오른다. 안타까운 것은 남자들은 그런 사랑을 오래 주지 않는다, 아니 못한다. 여자들은 다시금 그 환희에 젖고 싶어 한다. 온몸 구석구석 사랑받은 여자들은 그 남자가 어느 부분을 특히나 더 욕망하는지 알게 된다. 의외로 오래 빨거나, 섹스가 끝난 후에도 계속 손길이나 혀가 닿아 있는 부분이 그러하다. 균형미 있는 얼굴과 가슴, 허리, 골반, 종아리가 여성적 매력의 전부가 아님을 깨달은 그녀들은 귀, 목덜미, 손가락, 발가락…… 모든 부분을 섬세하게 꾸미기 시작한다. 그 어느 한 부위 때문에 그녀가 매력적이 될 수도 있다는 사실을 알게 된다. 그 어느 한 부위 때문에 그녀를 떠올리며 남자를 잠 못 이루게 할 수 있다는 것을 알게 된다! 심지어 그 부위가 객관적으로 못생긴 편이라 하더라도 그의 취향이면 그는 그것을 환영한다. 그러므로 그녀들은 섬세하게 노력을 기울인다. 그녀들은 다시금 사랑받던 그 감정을 맛보고 싶기 때문이다. 누나처럼 저렇게 아무거나 치렁치렁 달고 다니지 않는다는 말이다!

김진호는 그런 누나를 끝까지 지켜주고 싶었다.

'꼭 내가 가지지 않아도 좋아.'

그의 마음은 순정적이고 고결했다. 그는 그런 마음을 오래 시간 가질 수 있을 거라고 생각했다. 아무도 그를 자극하지 않았다면 어쩌면 그것은 가능한 일일지도 몰랐다. 그런데 흰 토끼 같은 그녀의 순수성에 화살을 겨누는 이가 있었다. 팽팽한 활을 조여 쥔 이의 콧김에서 뜨거운 욕망이 씩씩거렸다. 곧 퉁겨진 화살에 흰 토끼는 찐득한 피를 뿌리며 그 순수한 살덩이가 산산조각이 난 채로 흩어져 버릴 것만 같았다. 김진호는 아찔함에 눈을 질끈 감았다. 그것은 그의 순정적이고 고결한 마음을 들쑤셔 놓았다.

김진호는 우연히 그녀의 우편함에서 요상한 우편물을 발견했다. 늘 휴대전화 요금 같은 통신비 고지서가 전부이던 우편함에, 손글씨로 쓰인 편지가 있었다. 군대 간 남자 친구라도 있는 것인가, 하는 마음에 그는 처음으로 그녀의 우편물을 열어보았다. 그건 D라는 자가 보낸 편지였다.

…… 변태, 싸이코, 개, 좆같은 찌질이의 편지였다. 올해 초에 그녀를 만난 적이 있다고? 아뿔싸, 어쩌다 놓친 거지!

이 편지를 읽는다면 누나가 얼마나 충격을 받게 될까 아찔해졌다. 그 남자가 집착하는 것은 누나보다는 누나가 살고 있는 그 반지하 집인 것 같았다. 누나가 이 편지를 본다면, 무서운 마음에 이사를 갈지도 모르는 일이었다. 혼자서 이 편지를 처리하는 편이 낫겠다 싶었다. 누나는 집에 와서 아무 생각 없이 편히 쉴 수 있어야 한다. 누나가 아이처럼 쌔근쌔근 잠드는 것을 상상하는 것이 김진호의 유일한 낙이었다. 김진호만의 오롯한 욕구의 대상인 누나가 어느 싸이코의 변태적 욕구의 대상이 되었다는 사실이 분했다. 누나는 절대 이 편지들의 존재를 몰라야만 했다.

그러나 편지의 내용은 갈수록 가관이었다. 그 싸이코는 누나의 집을 가끔 훔쳐 본다고 했다. 그러나 그 싸이코의 흔적은 도무지 찾을 수가 없었다. 싸이코는 김진호의 존재를 알고 있을까? 어쨌든 그 싸이코는 그보다 한 수 위였다. 김진호의 마음은 점점 다급해졌다. 그를 찾아내면 정말 말만이라도 죽일 것처럼 협박해야겠다 싶었다. 누나의 친동생이라고 하는 편이 제일 좋겠다고 생각했다.

그런데 이상하게도 시간이 지날수록 싸이코에 대한 진호의 마음은 이상한 쪽으로 변해가고 있었다. 그를 찾아내어야지, 라는 마음보다 그를 보고 싶었다. 그에게 윽박을 지르는 것이 아니라, 용기 내어 그와 대화를 하고 싶었다. 그리고 그의 눈을 바라보고 싶었다.

그 싸이코의 편지를 읽자니- 그가 너무도 불쌍하게 느껴졌다!

만일 싸이코의 애인 Y처럼 누나가 죽어서 다시는 누나를 볼 수 없게 된다면? 그 집에 낯선 이가 살게 된다면? 자신은 이 싸이코와 다를까? 이 집 창문을 바라보며 안식처 삼는 버릇을 고칠 수 있을까? 아니 그건 버릇이 아니라 타는 듯한 갈구함과 비슷한 거였다. 김진호는 이 싸이코와 다를 거라 확신할 수 없었다. 심지어 김진호는 누나에 대해 아는 것이 이 집뿐이니 아마 이 집에 더 집착할지도 모른다. 김진호는 정말로 그 싸이코와 마주하고 싶었고, 말을 걸고 싶었고, 눈을 바라보고 싶었다. 그는 그 싸이코를 이해하고 있었고 가여워하고 있었다. 그러나 싸이코와는 더럽게도 마주치지 못하는 운명이었다. 그 싸이코는 분명 찌질하고 엄청 슬프게 생겼을 것이라고 생각했다.

김진호는 공부가 손에 잡힐 리 없었다. 요즘 자주 학원을 빼먹어서 선생님이 특별 감시에 들어간 태세였다. 김진호 역시 학원을 빼먹는 게 썩 마음이 편치는 않았다. 자신이 그럴수록 엄마는 아빠 앞에서 더 작아질 테니까.

그렇게 날은 점점 더워지고, 식어가고, 다시 추워지고 그렇게 곧 있으면 다시 수능이 다가오고 있었다. 김진호는 해놓은 것이 없었다. 작년보다 모의고사 성적은 더 떨어졌고, 누나에게는 여태 말 한 마디 걸어본 적이 없었다. 무엇하나 진전이 없는 1년의 허송세월이었다. 그저 쌓아놓은 것이라고는 남몰래 훔쳐본 그 '몽정의 편지'들이었다.

수능이 겨우 한 달 남짓 남았을 때였다. 취업 잘되는 전문대라도 가라는 아빠의 말에 고개를 끄덕이고 집 밖에 나왔다. 얼른 누나의 집 앞에 가서 혼잣말로라도 하소연하고 싶었다. 연두색 커튼이 드리운 그 집 앞에 오도카니 서서, 이불 밑으로 얇고 흰 발목이 삐져나온 줄도 모르고 쌔근쌔근 잠이 들 누나를 상상하면서. 그리고 한편으로는 싸이코를 만날 수 있을 거라는 일말의 기대와 함께.

누나는 아직 집에 오지 않은 것 같았다. 저녁 8시쯤이었다. 우편함에 편지 한 통이 와 있었다. 싸이코의 편지였다.

'이런 이미 다녀갔구나! 오늘도 한발 늦었네.'

그것을 들고 얼른 건물 현관을 나서려던 참이었다. 골목 어귀에서 익숙한 발걸음 소리가 들렸다. 누나였다. 아직 퇴근시간까지 좀 남았는데!

'……!'

김진호가 황급히 돌아서려는데, 누나는 이미 그의 앞에 서 있었다. 그는 황급히 편지를 후드 티 주머니에 푹 꽂았다. 얼굴이 순간 확 달아올라 버렸다. 누나는 그의 얼굴을 빤히 쳐다보았다. 순간 겁을 먹고 황급히 그곳을 빠져나왔다. 그는 누나가 자신의 냄새를 알아채고는 공포에 떨고 있었다는 사실을 알아채지 못했다. (아마 H가 자기를 미칠 듯이 섬뜩하게 생각했다는 걸 알게 된다면 그는 무척이나 슬퍼할 것이다.)

김진호는 한참을 그렇게 내달렸다. 심장이 터질 것 같았다. 곧 시뻘건 그것이 튀어나와 하얀 눈밭에 벌겋게 쏟아질 것 같았다. 꽤 긴 거리였다. 김진호는 어느새 집 앞 놀이터 앞에까지 와있었다. 그는 그네에 걸터앉아 이런저런 생각을 했다.

누나가 나를 이상한 놈으로 보겠지?

작년 여름에 편의점에서 본 걸 기억하는 것일까?

이제 그 집에 가면 안 되는 걸까?

정말 안 되는 걸까……

머리가 복잡하고 가슴이 답답하고 우울해졌다. 술이 고팠다. 주머니에 돈이 얼마쯤 있는지 확인하려던 찰나, 그것이 잡혔다. 아까 가지고 나온 편지! 김진호는 편지를 꺼내어 그것을 읽기 시작했다. 잔인하리만치 슬프고 우울하며 비릿한 그 싸이코의 편지를.

'동병상련! 이 슬프고 좆같은 편지로 위안이나 삼자.'

김진호는 그렇게 생각하고 싸이코의 손에 접힌 편지지를 펼쳤다. 그러나 이번 편지는 좀 달랐다, 아니 아주 많이 달랐다. 그것은 동병상련이 아니었다. 광기였다. 편지가 아니라 경고장이었다.

김진호는 가쁜 숨을 몰아쉬며 이야기했다.

"선배, 좀 쉬게 하시죠."

박 형사가 진술 중이던 김진호의 어깨에 손을 올리며 말했다. 난 흥을 깨는 박 형사가 못마땅했지만 그렇게 해줄 수밖에 없었다. 김진호는 곧 쓰러질 사람 같아 보였다.

나는 커피를 뽑아서 밖으로 나와서는 담배를 입에 물었다.

H의 남자 친구입니다. 제가, 남자 친구라고요, 하면서 무릎 꿇고 오열하던 그의 모습이 떠올랐다.

너무 힘이 듭니다. H가 이 세상에 이제 없지 않습니까. 전, 그 집에 미친 싸이코 때문에 사랑하는 연인을 잃었습니다. 게다가 그녀를 추억할 수 있는 것이 아무것도 남아 있지 않습니다. 그 싸이코가 모조리 태워버렸기 때문이지요. 너무 가슴이 아픕니다. 우리가 먹고, 마시고, 사랑했던 공간마저 불타 사라졌습니다. 나는 이제 어디서 그녀의 흔적을 찾아야만 합니까?

…… 그것들은 모두 몽정의 편지에 쓰여있는 말들이었다. 김진호는 D의 모든 감정을 흉내 내고 있었다. 아니, 어쩌면 D의 모든 감정을 그는 이해하고 자기 것으로 만들고 있었다. 김진호는 진실로 D의 마음을 느끼고 있었다. 그리고 김진호는 마치 자기가 겪었던 일인 냥 이야기했다. 그는 단지 상황을 무마하기 위한 거짓말을 하는 것이 아니었다. 그는 자기 스스로를 속이고 있었다. 그는 H의 남자 친구이며, 정말 그 집에서 사랑을 했고, 모든 것이 불타 소멸된 잃어버린 사람이라고.

나는 그가 말하는 경고장이 무엇인지 이미 알기 때문에 사실 조금 흥분해 있었다. 조금 전 읽었던 〈몽정의 편지〉의 마지막 장이 바로 그 경고장이었다. 박 형사는 하필 그 타이밍을 치고 들어오다니! 담배를 다 피우고 나자 오히려 더욱 심장이 두근거렸다. 나는 태연한 척 다시 현관 안으로서 들어섰다. 차와 박, 그리고 부러운 재능을 가진 김진호 모두 준비된 듯 그렇게 나를 기다리고 있었다.

김진호가 손에 쥔 경고장은 이러했다. 싸이코의 글씨체는 평소와 매우 달랐다. 평소처럼 우울하고 촌스럽지 않았다. 그는 글씨체만 보고도 싸이코가 얼마나 평소와 다른지 금세 알아챌 수 있었다. 거기엔 그 누구도 주체시키지 못할 분노뿐이었다. 이전에도 그가 광기에 가득 차 있다고 생각했었지만, 이번 편지에 노골적으로 드러난 그의 심기에 비하면 전까지는 그저 '내숭'에 불과했던 것이다.

이전까지 그는 답장을 받고 싶어 했지만, 그다지 답장에 집착하는 태도를 보이고 있지 않았었다. 오히려 누나에게 미안해하던 찌질한 놈이었다. 자신들의 비극적 연애의 결말에 수동적으로 끼워 넣어 미안하다고 하면서. 감당하기에 힘겹지 않을 정도의 놈이었다는 말이다. 그저 무시하면 그만이었다. 그런데 이제 와서 이게 무슨 짓이라는 말인가.

"미친놈, 미친놈! 개 사이코 같은 새끼!"

김진호는 편지를 움켜지며 소리쳤다.

"씨발, 개 같은 새끼! 발정 난 좆같은 새끼!"

김진호는 당장 어떻게 해야 할지 몰랐다. 할 수 있는 게 없어서 괜히 욕만 해댈 뿐이었다. 그러나 그럴수록 마음은 더욱 무거워져 갔다. 누나를 이토록 위험하게 만든 것은 다름 아닌 자신일지도 모른다는 죄책감이 그를 사로잡았다. 이 편지들을 누나가 알게 되면 혹여나 이사를 가 버릴까 봐, 다시는 누나를 보지 못할까 봐 불안한 마음에 그랬던 거였다. 이렇게 될 줄은 상상도 못 했었다. 이 싸이코가 갑자기 마음을 고쳐먹을 줄은 몰랐었단 말이다! 죄책감의 이유는 이뿐만이 아니었다. 그는 싸이코의 편지들로부터 위로받고 있지 않았었나! 김진호는 당장이라도 미쳐버릴 것만 같았다.

이 개 같은 싸이코는 그 와중에 다행이랄까, 두 가지 제안을 하고 있었다. 역시 찌질하고 마음이 여린 놈이었다. 하긴, 그런 싸이코의 마음 여린 면모가 김진호로 하여금 그에 대한 관심과 이해를 끌어낸 것이었다. 이놈은 화가 나 있을 뿐, 누나를 헤치려는 것은 진심이 아닌 것 같았다. 단지 그 화가 단단히 나 있는 것이 문제였다.

경찰에 신호를 한다면 김진호의 존재가 탄로 날 것이 뻔했다. 그러면 누나와는 시작도 못 한 채 영영 끝이 나 버릴 것이었다. 그리고 이 편지의 존재를 누나가 알게 된다는 것은 정말로 상상하고 싶지 않았다.

'가짜 편지를 쓰자.'

그것이 최상의 해결책이었다. 그것 이외엔 방도가 없었다. 아니, 있더라도 생각해낼 여유가 없었다. 김진호 스스로가 누나가 되어 가짜로 그 싸이코를 위로해주기로 마음먹었다. 그것은 자신이 그 싸이코에게 받은 위로를 갚는 길이기도 했다. 조용히 그렇게 덮어두고 싶었다. 김진호 혼자만 감내하면 될 문제였다. 누나가 모르게, 절대 모르게.

'앞으로 누나를 계속 볼 수 있을지도 몰라. 그리고 난 누나를 지켜내는 거야.'

김진호는 책가방에서 노트 한 장을 찢었다. 그리고 노트를 받침대 삼아 편지를 쓰기 시작했다. 뭐라고 써야 할지 고민스러웠다. 어쩌면 싸이코는 김진호 자신보다 누나에 대해 많이 알 수도 있겠다고 생각했다. 그 싸이코는 그러고도 남을 놈이었다. 최대한 간단하게 할 말만 해야 들키지 않을 수 있다고 판단했다. 너무 긴장한 마음 탓인지 자꾸만 손이 제멋대로 움직였다. '편지'를 '편치'라고 쓰기도 하고, '읽'을 '잃'이라고 쓰기도 했다. 망친 편지는 그대로 조각조각 찢어서 가방에 넣었다.

'제발, 제대로 하란 말이야! 시간이 없어.'

아마도 김진호는 실전에 약한 성격일지도 모른다. 그는 다섯 번 만에 겨우 쪽지를 완성했다. 고작 몇 줄 적는 건데도 버거웠다. 진땀이 흘러 온몸을 적셨다.

D에게.

당신의 편지를 읽고 마음 아파하고 있어요.

그러니 슬퍼 말고 노여워 마세요. 제발이요.

- 프롬 H.

평소에도 글씨체가 여성스러운 편이라 굳이 글씨체를 꾸며낼 필요는 없었다. 이 정도면 싸이코도 믿을 만하다고 생각되었다.

김진호는 책가방을 얼른 챙기고는 답장이 쓰인 쪽지를 꼭 쥔 채, 다시 누나의 집으로 냅다 달렸다.

'누나, 제가 지켜줄게요. 제발 아무 일 없어야만 해요!'

그의 눈에서 뜨거운 눈물이 차올랐다.

김진호는 결국 그 현장에 있었다는 것을 털어놓을 수밖에 없었다. 김진호는 H의 최후를 알고 있는 유일한 목격자라는 사실에 대해 자부심을 가지는 것 같았다. 그런 그의 눈빛을 보자니 섬뜩한 기분마저 들었다. 싸이코의 이야기를 하는 진짜 싸이코의 입술은 정도가 지나치게 매력적이었다. 그는 미남인 데다가 재능까지 많았다.

벌

마구 지껄이듯 써내려간 편지를 배달한 D는 머리가 지끈거렸다. 거기에 욕이라도 써 놓은 것은 아닌지, 도대체 무슨 이야기를 한 건지 기억조차 나지 않았다. 요구를 들어주지 않으면 확 자신의 존재를 그 앞에 드러내 보이겠다고 한 것만은 똑똑히 기억이 났다. 후회스러웠다. D는 전봇대에 몇 번이나 자기 머리를 찧어댔다.

'왜 그랬어, 왜 그랬어, 왜 그랬어, 이 미친놈아. 넌 진짜 미친놈이야.'

그는 스스로를 자학했다. 그러나 편지를 써내려갈 땐, 이렇게라도 하지 않으면 미쳐버릴 것만 같은 심정이었다. 주체할 수 없을 만큼 화가 나고, 모욕적이고, 슬펐다.

D는 진심으로 처음부터 이렇게까지 할 생각은 아니었다. 첫 편지도 계획적으로 쓴 편지는 아니었지만 그 이후에는 어느 정

도 계획이랄까, 그런 것들이 있었다. 최소한 그보다 더 깊어지지 는 말자고 생각했었다. 편지를 쓰며 Y를 추억하고 나중에는 서서히 떠나 보내려고 했다.

첫 번째 편지, 그리고 두 번째…… 그 이후부터는 충동적이라고 할 수 없다. 충동과 참지 못하는 것은 아주 다르다. 충동은 순간적으로 정말 원하는 것을 하고자 함이고, 참지 못하는 것은 굳이 원하는 것이 아니더라도 해당이 된다. 이를테면 섹스는 충동적일 수 있으나, 오줌을 싸는 것은 참지 못하는 것이다. 사고처럼 이루어진 첫 섹스는 어쩌면 (이성의 지배에서 벗어난 상황에서) 참지 못하는 것일 수도 있다. 그리고 충동적으로 치러진 두 번째 섹스. 그 후에 같은 상대와 이루어지는 섹스는 결코 충동적이라고 할 수 없다. 그것은 온전히 상대가 그리워서 찾는 것이다. 상대의 몸일 수도 있고, 그 상대 자체일 수도 있다. 다른 누군가에게서는 맛볼 수 없는 고유의 맛이 그리워서인 것이다. 곧 죽어도 올리브 파스타를 먹고 싶은 사람이 배가 고파서 토마토 파스타를 참지 못하고 먹었다 치자, 그 후에 그는 후회하며 '음, 역시. 내가 먹고 싶은 건 올리브 파스타였는데. 괜히 먹었군!' 할 수도 있다는 것이다. 그런 사람은 아무리 배가 불러도 올리브 파스타가 주어지면 먹기 마련이다. 혹여나 '이미 배가 부르기 때문에 올리브 파스타는 다음에 먹겠어.'라고 하는 사람은 사실 올리브 파스타를 좋아한다고 착각하고 있는 사람이다. 그는 아직 자기가 정말 좋아하는 음식이 무엇인지 모르는, 미각뿐만 아니라 모든 오감이 전율하는 맛을 본 적이 없는 불쌍한 사람이라는 것이다.

D에게는 H에게 편지를 쓰는 행위가 그러했다. 고유의 집, 고유의 발톱 깎는 방법을 가진 그녀 말이다. 그러나 그녀는 늘 수동적으로 편지를 받기만 했다. 답장? 아니 조금의 반응도 보이지 않았다. 아무 미동도 표정도 없이 송장처럼 누워 있는 그녀 몸 위에서, 저 혼자 마지막 순간 안간힘을 다해 팔딱팔딱 뛰는 생선처럼 헐떡이고 있다는 생각이 그를 미쳐 버리게 할 지경이었다. 여섯 번이나 답장이 없다니! 그렇다고 다른 사람에게 편지 쓰기는 죽기보다 싫었다. 그 집에 왜 이러한 편지를 보내야 하는지 다시 설명하고 싶지 않았고 그럴 에너지 역시 한 줌도 남아 있지 않았다. 그리고 Y와의 일들을 새로운 누군가에게 다시 말하기란 끔찍이도 싫었다. Y가 죽은 후 다른 여자와의 섹스는커녕, 겨우 펜대를 붙잡고 몽정이나 하고 있으니 말이다. H는 Y 이후, D가 찾은 올리브 파스타인 것이다. H는 그의 입맛에 안성맞춤인 수취인이란 말이다. 그러나 이쯤에서 끝을 봐야 할 것 같았다. 이건 말도 안 되지만, 말도 안 되게 최적인 몽정의 행위를 계속할지 말지 말이다. 그가 원했던 건 큰 게 아니었다.

'그래요, 나도 당신의 아픔을 느끼고 있어.'

그는 정말 답장 하나면 족했다. 그러나 아무래도 이건 아니다, 싶었다. 자위를 한다는 건 아주 자주적인 해결 방법이다. 다른 사람에게 피해를 주지도 않을뿐더러 경제적이기까지 하다. 어쩌면 어릴 적 파트너를 구할 수 없어서 어쩔 수 없이 했던 자위행위는, 가장 자주적이며 어른스러운 해소 방법이 아니던가. 그것은 충동도 아닌, 참을 수 없는 욕구였다. 그러나 그는 분명 H에게 피해를 주고 있었다. 이 행위는 자위 혹은 몽정도, 강간도 아닌 그 중간 즈음에 있었다.

'아무래도 안 되겠어, 당장 그 편지를 도로 가져와야지. 그 불쌍한 여자가 무슨 죄가 있지? 그 여자는 이 집에 Y가 살았었다는 사실도, 그리고 Y와 내가 어떠한 연애와 이별을 했는지 아무것도 모른 채로 이사를 왔다. 아마 알았더라면, 오히려 이 여자는 이 집에 들어오지 않으려 했을 거야. 어쩌면 내 딴에만 답장이 쉬울 거라고 생각한 건 아닐까? H는 내 편지들이 해대는 애무를 느낄 틈도 없이, 겁을 먹고 딱딱하게 굳어버린 것일지도 몰라. 그런 식의 편지라면 그녀가 답장하지 못할 수도 있어. 너무 겁먹어서 말이지! 만약 이번 편지를 읽는다면, 그녀는 정말로 경찰에 신고를 하고 이사를 갈지도 몰라!'

그는 H를 가늠할 수 없었다. 그녀에 대해 뭘 안단 말인가. 겨우 살고 있는 집과 발톱 깎는 방법이 전부인 걸.

두 번 다시 올리브 파스타를 먹을 수 없다면, 미각을 잃는 편이

나왔다. 그 외의 모든 음식들은 '역시, 올리브 파스타가 최고였지.'라는 걸 깨닫게 해줄 뿐일 것이다. 그 역할밖에는 할 줄 모르는 바보 같고 쓸모없는 '식량(食糧)'에 불과하다. 그것들은 절대 그를 즐겁게 만들어 줄 수 없다. 때가 되면 주림에 포효하는 위장을 거부할 수 없기에, 결국 시끄러운 그 장기를 화살로 겨누고 싶어지게 할 뿐.

'그럴 순 없어!'

H에게 편지를 쓸 수 없다면, 정말 더 살아야 할 미련이 남아 있을까 싶었다. 그저 작은 불씨에 불과했던 그의 감정은, 마치 불이 산소를 먹고 거세지듯 오기를 먹고 거세졌다.

당장 달려가서 이 비극적이고 우스꽝스러운 결말의 시작점을 없애 버려야 했다. 이 이야기의 중간점을 도로 수정해야 될 것 같았다. D는 '그 집'으로 냅다 달리기 시작하며 오직 한 생각뿐이었다.

'제발 읽지 말고 있어줘……!'

숨이 턱 끝까지 차올라 그 집 앞에 도착했다. D는 빼꼼히 솟은 그 집 창문을 바라보고는 아차, 싶었다. 그 집 연둣빛 커튼 뒤로 불빛이 드리워져 있었다. H는 그 사이 집에 와 있었다. D는 다리에 힘이 풀려 그대로 주저앉고 말았다.

'편지를 가지고 들어갔을까?'

그는 혹시나 싶어 우편함을 확인했다. 과연 우편함은 텅 비워져 있었다! 불과 조금 전, 그가 편지를 놓고 가기 전처럼.

눈앞이 캄캄해졌다. 어찌해야 할 바를 몰랐다. 그녀는 편지를 읽었을 것이다. 아니, 혹시 읽지 않았더라도 자기 전에는 꼭 읽을 것이다.

'내 편지를 밤에 읽지 언제 읽겠어? 아침에 읽을 리도 없고. 설마 그걸 회사에 가져가서 동료들과 같이 읽는 일은 더더욱 없겠지. 밤이 아니라면 읽을 수 없으니까.'

잠시 후, 그녀는 잠시 켜 놓았던 TV와 방에 불을 껐다. 그대로 자려는 것이다! D는 순간 딱딱하게 굳어버렸다. 그의 편지, 고민, 슬픔, 상처 그 따위는 아무 상관없다는 듯, 그녀의 밤은 평온해 보였다. 그건 그를 무시하기 때문이라고 그는 생각했다. 우편함을 이유 없이 채우고는 쓰레기통에 처박혔을 그의 편지처럼. 저 이기적이고 냉혈한 인간을 보라. 좀 전에 그녀를 가엽게 여기던 그의 마음은 온데간데없었다. 오로지 스스로의 상처만 느껴질 뿐이었다. D는 가슴이 찢어질 듯 아팠다.

그는 이 사실을 믿을 수가 없었다. 담배를 피우며 어떻게 참아야 할지 고민했다. 어떻게든 참아야겠다고 생각했다. 그러나 그의 분노와 슬픔은 이미 이성을 무너뜨렸다. 배신감, 스스로에 대한 동정심, 그리고 이젠 더 살아야 할 이유도 희망도 없다는 생각이 그를 집어삼키고 있었다. 이 세상은 상처받은 그를 위로해주려는 최소한의 자비도 없었다.

그 집 주변을 정신 나간 사람처럼 서성거렸다. 화장실 쪽 창문에 방수용 페인트가 보였다. 아마도 옆 건물 공사에 쓰는 것인데 인부들이 치우지 못한 모양이었다. 그는 그것을 챙겨서 다시 집 앞으로 향했다. D는 울분이 복받쳐 올랐다. 한 손으로 간신히 입을 막았다. 목구멍에서 터져 나오는 오열이 그녀를 미리 놀라게 할 수도 있었다. 그의 얼굴은 이미 한껏 상기되어 있었다. 쏟아져 나온 뜨거운 눈물들이 눈밭에 떨어져 눈을 녹였다. 그는 스스로를 진정시키려고 노력했다, 아니 진정한 척하려고 노력했다.

쿵쿵쿵. 그는 너무 빠르지도, 너무 세지도 않게 문을 두드렸다.

한 번 더, 쿵쿵쿵 두드렸다.

그러자 그녀가 갑자기 별안간 문을 열어 젖힌 것이다!

그는 문득 그녀를 처음 본 그날이 떠올랐다. 그날은 누구냐고, 물었었다. 그런데 이렇게 바로 문을 열어주다니! 그는 감격할 노릇이었다.

"H……!"

"왜 이제야 오셨어요!"

그녀는 달갑게 그를 맞으며 말했다.

"무서워 죽는 줄 알았잖아요! 그 자식이 방금 저쪽 골목으로 쭉 내려갔어요. 키는 좀 크고요, 잘생긴 편이에요! 빨리요! 저 너무 무서워요!"

그는 그녀가 무슨 말을 하는지 알 수 없었다. 그가 멍하니 듣고

만 있자, 그녀 역시 무언가 이상한 것을 느꼈다. 그리고는 그의 손에 페인트통이 들려져 있는 것을 보고는 갑자기 뒤로 물러나며 잔뜩 겁을 먹고 물었다.

"당신…… 누구야……?"

"D. 나 모르겠어요?"

그가 나지막이 대답했다.

"누구라고요?"

그녀는 분명 '누구'냐고 묻고 있었다.

"저예요, D라고요."

그는 최대한 침착하고 차분하게 대답했다. 이름을 말하며, 나는 나쁜 사람이 아닙니다, 라고 말하듯. 아니 그보다 차라리 그녀가 지금에서라도 D의 이름을 기억해내고, '크리스마스'에 대해 언급해주길 바랐다!

그러나 그녀는 역시나 대단했다. 그녀는 철저하게 그를 실망시킬 줄 아는 여자였다. 그녀에게 D는 별로 무서운 상대가 아니었다. 그녀는 그를 생판 몰라봤기 때문이었다. 크리스마스 때의 어떤 남자가 와서 행패를 부린 건 기억하지만, 그 얼굴을 기억할 만큼 섬세한 여자일거라 바라는 것은 D의 욕심일 뿐.

"나 그런 사람 몰라요! 어서 나가!"

그는 속으로 가혹한 신에 대해 '신이시여!' 짧은 외마디 비명을 질렀다.

'…… 이제는 저도 어찌할 도리가 없습니다.'

그는 한 손으로 그녀의 목을 옥죈 뒤에 벽에 밀쳤다.

"누……누구세요…… 살려주세요!"

그는 얼마 만에 이 집에 왔는지 감격스럽기까지 했다. D는 그 집 집기류, 벽, 천장, 바닥에다 눈을 맞춰주며,

'잘 있었지?'

하고 짧게 인사했다.

"누구시냐고요! 왜 이러세요!"

"나, D라고. 나 몰라? 모르냐고!"

"저한테 왜 이러시는 거예요. 네?! 살려주세요."

그녀는 분명 그렇게 말하고 있었다. '저한테 왜 이러시는 거예요'라니, 그게 어떻게 그에게 할 수 있는 말인가! 그는 그녀에게 자신의 모든 비밀을 털어놓았는데 말이다. 그의 눈에서 수도꼭지처럼 눈물이 터져 나왔다.

"넌 정말 별수 없구나."

"네?"

"어떻게 네가 나한테 누구냐고 물어볼 수가 있냐고!"

그때였다. 현관 밖에 발자국 소리가 들렸다. 그 발자국들은 밑으로 내려오고 있었다. D는 부엌에서 능숙하게 칼을 찾아내어 H의 목 아래 가져다댔다. 그리고는 작은 목소리로 물었다.

"여기 누가 오는 거지?"

"사…… 살려…… 주……"

"빨리 대답해."

"경찰……"

"나 때문에?"

D는 혹시나 하는 마음에 물었다. 어쩌면 이것이야말로 그가 원하던 그림이 아니었나! 이름은 기억하지 못한다고 치자. 그래도 혹시나 편지를 읽고 겁을 먹어 그런 거라면 이제 이 모든 걸 그만두어도 좋다고 생각했다. 그러나 겁먹은 그녀는,

"아니에요! 절대 아니에요! 어린 남자애가 있는데…… 걔 때문에…….''라고 대답했다.

D는 더는 아무런 말도 할 수가 없었다. 끝내 자신은 그녀의 안중에도 없는 것이었다.

"문 열어."

"네?"

"아까 니가 말한 대로 말해."

H는 그가 시키는 대로 할 수밖에 없었다. 그가 그녀의 등 뒤에 바로 칼을 들이대고 있기 때문이었다. 경찰 두 명이 현관 앞에 서 있었다.

"신고하셨죠?"

"네!"

"무슨 일이시죠……?"

경찰은 H와 D 두 사람의 얼굴을 살피며 물었다. H가 대답을 하지 못하자 경찰들은 D의 얼굴을 찬찬히 살피며 무슨 일이냐고 그녀에게 한 번 더 물었다.

"왜 이제 오셨어요……"

그녀는 진심으로 그렇게 호소하고 있었다. 아마 그들이 D보다 더 일찍 왔더라면……! 정말 그랬더라면 훌륭했을 텐데. 그러면 김진호를 붙잡을 수도 있었고, 그게 아니더라도 경찰을 본 D가 자신의 경고장에 대한 리액션이라고 생각하고 더는 그런 편지들을 보내지 않았을 수도 있었을 텐데. (그가 분노하지 않았을 텐데! 그렇다는 H는 평생 D의 존재를 알지 못할 수도 있었을 텐데!)

"무슨 일이 있으신가요?"

느려 터진 데다가 쓸모없는 경찰은 이제와 심각하게 물었다.

"절 괴롭히던 놈이…… 방금 저쪽 골목으로 쭉 내려갔어요. 빨리요! 저 너무 무서워요!"

경찰들은 알겠다며 잡히면 연락하겠다고 말한 뒤 현관문을 닫았다. 문단속을 잘하란 말도 잊지 않았다. 현관문이 닫히자마자, D는 H의 입을 틀어막았다. H의 울분이 손가락 틈 사이로 터져 나오지도 못하게 아주 꽉 막아버렸다.

D는 침을 꿀꺽 삼켰다. 입술이 바들바들 떨렸다. 그때였다. D가 두 손으로 그녀의 목을 감싸 벽으로 밀쳤다. 그녀는 숨이 턱 막혔다. 겁을 먹어 순간적으로 다리의 힘이 풀렸다. 이젠 매달려야 했다. 어쩔 도리가 없었다.

"살…… 살려……주세요, 제발."

"마지막으로 묻는 거야. 정말 마지막, 정말……. 내가 누군지 모르겠어? 날 똑바로 봐!"

D는 그녀의 얼굴에 자기 얼굴을 가져다 댔다. H는 소리 질렀다.

"보라고…… 좀! 정말 내 얼굴 기억이 안나?"

D는 애원하듯 물었다. 제발 안다고 거짓말이라도 해주길 바랐다. 그러나 H는 마냥 겁먹은 어린애 같았다. D는 더는 참을 수가 없었다.

"이젠 다 끝이야."

D는 무표정하게 말했다. D는 H에게 충분히 기회를 주었다. 앞으로 그들이 무엇을 더 할 수 있을까? D는 H에게 편지를 쓰지 못할 것이다. 이렇게 된 이상 그녀는 이 집에 머무르려 하지 않을 것이고, D를 경찰에 신고하고 말 것이다. 혹여나 신고하지 않더라도 그녀는 D의 편지를 읽고 그의 마음을 위로하려고 하지 않을 것이다. 이미 그녀에게 D는 상처받아 슬픈 영혼, 고독해서 위로해줘야 할 대상이 아닌 그저 섬뜩한 괴한에 지나지 않기 때문이다.

'어디서부터 잘못된 것일까?'

D는 고통스러웠다.

'크리스마스에 이 집으로 Y를 찾으러 왔던 것? 이 집에 첫 번째 편지를 남긴 것? 내가 편지에 나의 비밀을 털어놓은 것? 편지를 쓰며 몽정의 감정을 느낀 것? 일곱 번째 경고장? …… 아니면 내가 Y를 만난 것?'

잘못되어도 한참이나 잘못되었다. 이제는 모든 것을 깨끗하게 마무리 짓고 싶었다. 자신이 풀지 못한, 풀 수 없는, 풀리지 못할 욕망과 미련, 회한까지도.

그는 주먹으로 H의 머리를 한 대 날렸다. H의 머리가 줏대 없이 고꾸라졌고 그녀는 정신을 잃었다. 그는 H를 눕혀 놓고 입고 있던 자주색 원피스를 벗겼다. 아니 거의 찢다시피 했다. 그녀의 하얀 몸뚱이가 드러났다. 그녀는 속옷도 입지 않고 있었다. 그는 바닥에 엎드려 그녀의 발을 바라보았다. Y의 발과 닮아 있었다. Y처럼 발가락에 빨간색 페디큐어를 하지는 않았지만 꾸미지 않은 데로 볼만했다. 발가락은 살집이 없고 길쭉하고 곧게 뻗어 있었다. 발등은 우아하게 높았고 발꿈치는 살짝 붉고 민둥민둥했다. 그는 그녀의 발을 어루만졌다. 발이 몹시 차가웠다. 두 손을 비벼 온기를 낸 다음 발을 꼭 감싸 쥐었다. 하얗던 발에 혈색이 머뭇거리며 돌기 시작했다. 그는 그녀의 발을 정성스럽게 입을 맞추었다. 그의 따뜻한 혀로 구석구석 핥아 주었다. Y의 시신을 염하듯이 깨끗하게, 정성스럽게, 꽤나 숭고했다. 그녀의 발에 D의 눈물과 침이 범벅이 됐다. 눈물 때문인지, 발에서 짭조름한 맛이 났다. 이 집에서 누군가의 몸을 애무한다는 게 얼마 만인지 감격스럽기까지 했다.

D는 그녀 발의 냄새를 맡으려다 그 집 공기를 흠뻑 들이마셨다. 그러나 그 집의 냄새는 Y의 것이 아니었다. H의 숨결에서 뿜

어져 나온, H의 것이었다. Y의 것이던 이 집의 공기도, 벽도, 천장도, 바닥도 이 안의 모든 것이 H를 거쳐 H의 것이 되어 있었다. 그는 새로워진 그 집 안을 미친 듯이 파헤치기 시작했다. 화장실로 가서 하수구에 손을 집어넣어 엉킨 머리카락을 빼내었다. 죽은 Y의 머리카락보다 길었다. 모든 것이 찌꺼기까지 H의 것들로 가득찬 집이었다.

'다른 것은 몰라도…… 하수구에까지 이년 머리카락들로 가득 차 있다니!'

D는 더욱 화가 났다. 이곳을 파괴하고 싶다는 욕망이 피어오르기 시작했다. 그와 동시에 스스로도 파멸하고 싶어졌다. 그는 축 늘어진 H의 몸을 끌어다 화장실로 옮겨 놓았다. 그리고는 갖고 온 방수용 페인트통을 바닥 곳곳에 뿌렸다. 아마 그녀가 그의 이름에 혹은 그의 얼굴을 알아보고 두려워했더라면, 그는 아마 이렇게까지 하지 않았을 수도 있었을 것이다.

'결국은 이렇게 되어 버렸네.'

그는 슬퍼했다. 그러다가도 갑자기 화가 났다.

'화장실 하수구까지도 이년의 것이라니 너무 하잖아!'

그는 샐러드 위에 드레싱을 뿌리듯 아낌없이 녹색 빛 페인트를 들이부었다. 머릿속에 Y를 밤마다 깨우던 악몽 이야기가 떠올랐다.

'꿈에서 내가 너무 화가 나 있었어. 당신 말대로 그 괴물이 나왔지. 불꽃이 만들어 낸 그 괴물 말이야. 꼬리가 엄청 길고 무섭게 생겼어. 그 괴물이 내 귀에 뭐라고 속삭였어. 여기보다 더 나은 곳으로 가자고 말이야. 에덴동산에서 하와를 꾀는 뱀처럼. 그래서 나는 이 집에 불을 질렀어. 활활 타올랐어. 부엌, 냉장고, 싱크대, 세탁기……. 내게서 기쁨인지 슬픔인지 모를 눈물을 흘렸어. 괴물은 말했어, 그만 울라고. 네가 너무 울어서 불이 다 꺼지겠다고. 저것 좀 보라고! 활활 타는 게 멋지지 않느냐고. 화려하지 않느냐고. 네 시궁창 인생의 폐막이자, 다른 세계로 가는 서막이라고. 나는 괴물의 말을 듣고 보니 기쁜 것 같기도 했어. 여기보단 더 나은 곳으로 가겠지!'

D는 한 발 한 발 그 집 바닥을 즈려 밟으며 오랜만에 만나 반갑다는 인사와 함께 작별 인사를 했다.

'저 위, 아니 밑에서 만나자. 그곳에서도 너희는 우리의 집이 되어 있어라.'

D는 속으로 그렇게 기도했다. 의식을 다 마친 그는 화장실로 들어섰다. 기절한 H는 쌔근쌔근 잠이 든 것처럼 보였다. 지독한 잠꾸러기였다. 화장실 세면대에 그녀의 몸을 걸쳤다. 그녀의 고개는 젖은 휴지처럼 축 늘어졌다. D는 주머니에서 담배 한 개비와 지포 라이터만 챙기고 입고 있던 옷들을 다 벗어서 화장실 밖으로 던져 버렸다. Y가 생일에 사준 라이터였다. D는 샤워기로

H의 몸에 찬물을 뿌렸다. H가 거의 발작을 하듯 몸을 일으켰다. 그녀는 늘어진 눈꺼풀을 뜨고는 바싹 마른 입을 열고 말했다.

"살려주세요."

"이제야 나를 기억하나 보지. 내가 너에게 나쁜 짓을 할 사람인 지 아는 걸 보니 말이야."

D는 그녀의 어깨를 거울 쪽으로 밀쳤다. 수도꼭지가 그녀의 등살을 거의 뚫다시피 했다. D는 힘을 조절할 수가 없었다. 순간적으로 H의 발끝까지 찌릿한 통증이 흘렀다. 발가락을 곧게 폈다가 바들바들 떨었다. H는 신음할 수도 없을 만큼 고통스러웠다. 손을 움직이고 싶다고 생각했지만 그것조차 마음대로 되질 않았다. 정말 손 쓸 수 없는 상황이었다.

'이 냉정한 년 역시 벌을 받아야 해.'

D는 담배를 한 모금 빨았다. 이제 그녀에게 벌을 줄 시간이 된 것이다. 그는 라이터를 켠 상태로 화장실 밖에 던져 버렸다. 어느새 녹색으로 매끈거리는 나무 바닥에 금세 불이 찰싹 달라붙었다. 타는 냄새가 나쁘지 않았다. 이 집 최초의 화려한 광경이었다. D의 입가에서 저도 모르게 탄성이 흘러나왔다.

'그런데 말이야……. 그 괴물의 눈을 좇다가 발견하고 말았어. 화장실에 갇힌 당신 눈빛. 난 소리 질렀어, 거기서 나오지 않고 뭘 하냐고! 당신은 눈으로 대답했어. 우리가 있어야 할 곳은 여기야, 라고. 난 당신을 구하러 가려고 했고, 더 눈물이 났어. 그러자 괴물은 그 큰 입으로 내 눈물을 다 받아 마셔서 흐르지 못하게 했어. 불이 꺼질까 봐. 그리고 나한테 윽박질렀어. 당신이 타는 모습을 구경하라고, 무엇보다 멋질 거라고. 제발 울지 좀 말라고!'

Y는 이 꿈을 일주일에 두세 번은 꼭 꾸었다. D는 H의 두 다리를 벌렸다. 그리고 손을 뻗어 그녀의 힘없이 걸쳐진 엉덩이를 감싸 쥐고 자기 쪽으로 끌어당겼다. D의 불끈 솟은 분노와 욕정, 회한이 한꺼번에 H의 부드러운 살 속을 파고들었다. H의 가랑이가 동물적으로 그것을 물었다. H의 등줄기에 시뻘건 피가 D의 손에 흘렀다. H는 악 소리를 지를 힘도 남아 있지 않았다.

"하지마세요, 제발……."

D의 분노와 욕정, 회한은 그럴수록 거세졌다. 밤바다 파도 같았고 태풍 같았다. 돛이 찢어질 듯 그가 거세질수록 불길도 거세졌다.

첫사랑은 이루어지지 않는다

김진호에게는 오로지 한 가지 목표만 있었다. 신호등도, 달리는 자동차들도, 심지어 무겁게 가라앉은 가을밤 공기마저 그의 목표를 방해하고 있었다. 그는 간절히 바랐고 그것들을 철저히 저항했다. 그 집에 빨리 갈 수 있게 해달라고 빌었다. 빨리 이 답장이 쓰인 쪽지를 배달할 수 있게 해달라고! 그의 반대편으로 차를 타고 지나던 경찰은 잘생긴 김진호를 전혀 의심하지 않았다. 그는 반대 방향으로 가고 있었고, 심지어 저렇게 잘생긴 김진호가 아까 그 여자를 괴롭힌다는 건 상상할 수 없는 일이었다.

김진호는 자신의 전력을 다해 그 집 앞에 도착했다.

골목 어귀에서부터 흘러나오는 거무스름한 연기가 설마 누나의 집에서 나오는 건 아닐 거라고 생각했다. 'D에게 전해줄 답장'을 손에 쥔 김진호는 그 광경에 아무 소리도 낼 수 없었다. 머릿속에 거무스름한 연기가 가득 찬 기분이었다. 연둣빛 커튼에

드리워진 것은 텔레비전 불빛이 아니라 그야말로 타오르는 불빛이었다. 그건 정말, 불이었다. 열려진 창문 틈새로 흘러나오는 매캐한 연기는 이미 건물 주변을 모두 채우고 있었다. 거기 서 있기도 힘이 들 정도였다. 창문 틈새로 안을 살펴보려 했지만 너무나 자욱해서 아무것도 보이지 않았다.

다급해진 그는 건물을 돌아 화장실 창문이 있는 골목으로 갔다. 김진호는 눈 속에 몸을 파묻고 바싹 엎드려 창문을 바라보았다. 화장실에는 불인지 백열등인지 모를 빛이 보였다. 서리가 뿌옇게 서려 있었고 창문은 굳게 잠겨 있었다. 얼굴을 좀 더 가까이 가져가서 창문을 뚫어져라 바라보았다. 그리고 그는 보고야 말았다. 살색 몸덩이 두 개가 박수를 치는 듯 맞붙어 있었다. 동물적이고 리드미컬했다. 김진호는 직감으로 알아챌 수 있었다. 분명, D였다. 김진호는 답장을 쥔 손으로 머리를 감싸며 목구멍으로 비명을 쏟아냈다. 견딜 수 없었다.

조금만 빨리 왔더라면! 정말 조금만 더 빨리 왔더라면 그녀를 지킬 수 있었을 텐데! 그 자리에서 도망치지 않았더라면 어땠을까? 내가 누나를 이 상황으로 만든 것은 아닐까? 누나는 지금 왜 자기가 싸이코에게 저런 일을 당해야 하는지 알고나 있을까? 나는 왜 이렇게 병신 같을까? 나 같은 병신이 무슨 자격으로 누나를 좋아한 것일까? 지금이라도 저 안에 들어가서 누나를 구하고 모든 일들을 고백해야 하지 않을까?

그러나 안타깝게도 그에게는 그러한 용기는 없었다. 김진호는 자신의 머리를 바닥에 찧고 또 찧었다. 화장실 창문 속 손뼉을 치듯 찰싹거리는 몸짓들을 하염없이 바라보았다.

사실은 처음 봤을 때부터 좋아했었고 오랜 시간 다시 만나기를 기다렸었다고 고백이라도 해볼 걸. 인사라도 한마디 건네고 내 이름이라도 알려줄 걸! …… 김진호는 이 와중에 이런 철없는 후회를 하고 있었다.

김진호는 입을 틀어막고 울기 시작했다. 동네 사람들이 모이는 소리가 들렸다. 어린 김진호는 순간적으로 몸을 일으켰다. 겁이 났다. 그 역시 동물적이었다. 이 순간을 피해야 상책이라는 생각이 지배적이었다.

'누나, 진짜 미안해요. 내가 겁쟁이라서…….'

김진호는 눈물을 닦고 자리에서 일어났다. 이마와 옷에 묻은 눈을 털어냈다. 겁먹은 그는 또다시, 도망을 쳤다. 매캐한 연기를 뚫고 달리고, 또 달렸다. 거무스름한 연기가 그의 뒷덜미를 잡았다. 그는 벗어나려고 악을 썼다. 골목길을 다 벗어난 김진호는 아차 싶어 다시금 뒤를 돌아보았다.

'사람들이 누나가 하고 있는 모습을 볼 수도 있잖아……?'

그는 돌아가서 경찰에 먼저 신고를 할까 잠시 고민했다. 하지만 금세 그는 고개를 돌렸다. 순정적이고 고결한 마음으로 누나를 좋아했던 김진호였다. 그러나 본의는 아니지만 다른 남자의 욕망을 풀어주고 있는 누나를 본 순간, 누나는 더 이상 그렇게 누나의 의미가 변하는 건, 자신의 오롯한 욕망의 대상도, 지켜주고 싶은 흰 토끼도 아니게 되었다. 아주 짧은 찰나였다.

이미 동네 주민들이 모여들어 웅성거리는 소리가 들렸다. 김진호는 온 힘을 다해 집으로 냅다 뛰기 시작했다. 멀리서 사이렌 소리가 들리자 그는 태연스럽게 걸음을 멈추고 호흡을 가다듬었다. 경찰차가 아니라 소방차였다. 그는 안도한 뒤, 소방차가 멀어지자 다시 뛰기 시작했다. 누나를 구하기 위해 쪽지를 전달하러 오던 좀 전보다도 훨씬 더 필사적이었다.

악몽

그 어떤 방파제도 없었다. 아무것도 그들을 방해하지 않았다. D는 제 세상을 만난 듯 파도를 치고 또 쳤다. 놀랍고 황홀한 광경이었다. 문지방 하나를 사이에 두고 여성적인 불길과 남성적인 물길이 어우러졌다. 어느 것 하나 상대를 방해하지 않았다. 그것들은 오히려 서로를 보며 자극시켰다. 마치 남자와 여자가 서로 다른 침대에 성기를 마주 대고 누워 보란 듯이 자위를 했고 심지어 황홀경에 젖었다.

"부, 불이야!"

그제야 정신이 든 H가 불이 난 것을 알고 소리쳤다. D의 귀에 그녀의 목소리는 들리지 않았다. H는 목 놓아 외쳤다. 불이라고, 불이라고! 그러나 오로지 제 세상에만 집중해 있는 D의 표정을 보는 순간, 모든 것이 부질없음을 알아차렸다. 그의 눈꺼풀은 미세하게 전율하고 있었다. 그때였다. H는 그제야 알아채고 말았다. 크리스마스 때 현관문에 와인병을 깨뜨린 남자! 그 남자가 분명했다. 그때 그는 몹시 난폭했으나 슬퍼 보인다고 생각했었다. 아마도 이 집에 살았다던 여자의 애인인 것 같았다. 왜 그를 이제야 알아챈 것일까. H는 울음을 멈출 수 없었다. H는 이제라도 그를 기억한다고 말하고 싶었다.

'무슨 사연이 있길래 나한테 이러는 거야!'

그녀는 묻고 싶었다. 목구멍까지 말이 치밀어 오르는데 입 밖으로 터져 나오는 건 울분뿐이었다. 콧구멍으로 스미는 매캐한 공기에 머리가 어지러웠다. 더 정신이 혼미해지기 전에 묻고 싶었다. 나한테 왜 이러는 거냐고. 그때였다.

"울지 마, 불이 다 꺼질 것 같잖아."

낯선 이의 목소리였다. D는 정신이 번쩍 들었다. 묵직하지만 역겨우리만치 비린내가 나는 목소리였다. 소리가 나는 쪽으로 돌아보자 문 앞에 괴생물체가 서 있었다. 검은색의 미끄덩한 몸뚱이를 가진 그 생물체는 짙은 청색 벨벳의 살결을 가지고 있었다. 사람 주먹만 한 눈은 옥빛으로 영롱하게 빛이 났다. 얼굴은 역삼각형이고 콧구멍 테두리는 은색이었다. 악어처럼 입이 컸다. 이빨은 오색 빛이 영롱했다. 가늠할 수 없이 기다란 꼬리 역시 벨벳으로 되어 있었다. D는 단번에 그가 누군지 알 수 있었다. 말로만 듣던 그 괴물이었다. 듣던 대로 화려하고 고급스러웠다. 너무도 눈부셔서 하마터면 그 옆을 보지 못할 뻔했다. 그 옆에 우중충하고 을씨년스러운, Y가 있었다. 그녀가 죽을 때, 그 복장 그대로였다. 연한 오렌지색 블라우스와 흰색 펜슬스커트 위에 걸친 진녹색 트위기 코트, 검은색 이브 생로랑 스틸레토 힐, 그리고 금색 브레이슬렛까지. 괴물 못지않게 고급스러웠다. 그러나 그녀의 을씨년스러운 분위기는 그녀의 옷차림까지 우중충하게 만들 정도로 치명적이었다.

"Y야……!"

Y는 슬픈 표정으로 H를 범하고 있는 D를 바라보았다. Y의 눈에서 눈물이 분수처럼 터져 나왔다. 괴물은 이런 Y를 못마땅한 듯 바라보았다.

"불이 꺼질 것 같잖아! 울지 말라고. 활활 타는 게 멋지지 않아? 이 시궁창은 이제 끝이야!"

괴물은 한껏 숨을 들이마시더니 콧김을 불어 불길을 더 거세게 만들었다. 펑펑 솟는 Y의 눈물에 불이 꺼질세라, 괴물은 그 커다란 입을 열어 그녀의 눈물을 다 받아 마셨다. 힘이 빠진 D의 페니스가 물길과 함께 가라앉기 시작했고, 불길은 더 거세졌다. D의 손아귀에서 놓인 H가 바람 빠진 풍선 인형처럼 화장실 바닥에 힘없이 쓰러졌다.

"Y, 네가 너무 보고 싶었어."

D는 감격스러웠다. 그의 눈빛이 그것을 말해주고 있었다. 그녀를 바라보는 그의 눈은 주먹만 한 옥빛의 괴물의 눈보다 훨씬 영롱하고 빛이 났다. 모든 불빛이 눈물이 가득 고인 그의 눈동자 위에 키스했다. 더 무슨 말을 건네야 할지, 머릿속이 하얘졌다.

그 동안 하고 싶었지만 전할 수 없는 말들이 바다와 같았지만, 막상 그녀 앞에 서니 아무 말도 떠오르지 않았다. 건넬 수 있는 건 그저 보고 싶었단 말뿐이었다. 그러나 Y는 그의 마음을 읽을 수 있었다. 그는 Y를 구석구석 바라보았다. Y의 표정은 변함이 없었다. D는 자기가 무엇을 하던 중이었는지도 까맣게 잊고 있었다. 그는 H의 다리 속에서 꺼내 푹 꺼진 페니스를 밑에 단 상태로, 곧 달려가 키스할 것처럼 Y를 바라보았다.

"너, 돌아와 주었구나."

Y는 여전히 슬픈 얼굴이었다. 그는 얼른 Y에게로 달려가 슬퍼하고 있는 그녀의 얼굴 구석구석 키스로 위로해 주고 싶었다. 그러나 그가 발길을 떼려고 하자 발이 움직이지 않았다. 어느새 불길을 뚫고 화장실 문지방을 넘어선 괴물의 긴 꼬리가 D의 발을 꽉 붙들어 잡고 있었다. 괴물의 꼬리는 3미터는 족히 될 것 같았다. D는 오열했다.

"이거 놓으란 말이야! 우릴 그만 괴롭혀!"

"둘 다 못 말리는 울보로군. 너도 그만 울란 말이야!"

괴물이 D에게 윽박질렀다.

"하나도 멋지지 않아."

Y가 힘없이 말했다.

"뭐라고?"

괴물이 놀란 듯 물었다.

"멋지지 않다고."

"진심이야?"

"이 집은 내 것이 아니잖아, 저 여자의 것이지. 내 것은 하나도 남아 있지 않아. 그러니 그만 둬."

Y의 목소리가 꽤나 쓸쓸했다.

"네가 꿈꾸던 광경이잖아! 내가 너한테 이걸 보여주려고 얼마나 노력했는데. 멋지지 않다고? 말도 안 되는 소리 하지 마! 넌 이걸 분명 좋아해. 그렇지? 똑바로 잘 보란 말이야! 널 위한 이벤트라고!"

괴물이 분노에 가득 차서 Y에게 윽박질렀다. 그러나 Y는 정말 기쁘기는커녕 빨리 여기서 벗어나고 싶은 사람처럼 보였다. 여전히 몹시 슬퍼보였다.

"Y야!"

D가 그녀를 불렀다. 얼마 만에 만난 Y인데, 이대로는 보낼 수는 없었다. 그러나 Y는 이미 돌아서서 이 집에서 나가려고 했다. 그러자 씩씩거리던 괴물이 나지막하고 비릿한 목소리로 말했다.

"여기 네 것이 없긴 왜 없어?"

"무슨 소리야."

괴물이 대답하지 않자, Y가 괴물을 바라보았다. 괴물의 보석 같은 두 눈이 D에게 꽂혀 있었다. 괴물의 두 눈이 스포트라이트처럼 그를 비추었다.

"저건 네 것이잖아."

"아니야, 이젠 내 것이 아니야."

Y가 가시가 돋친 목소리로 말을 이었다.

"방금 못 봤어? 저 여자에게 하던 짓. 미친놈처럼."

순간 D는 헐벗고 있는 자신의 모습이 너무도 부끄러웠다. 선악과를 따먹은 아담과 하와의 부끄러움이 이런 것이었을까, 싶었다. 아니 그에 비할 바가 아니었다. 당장에라도 자신의 페니스를 뽑아서 저 불구덩이 속으로 던져 버리고 싶었다. Y는 금방이라도 울 것 같은 표정이었다.

"아니야, 그건……!"

D가 변명이라도 하려 하자, 괴물이 그의 말을 막았다.

"네가 대답해 봐. 넌 누구의 것이지? 쓰러져 있는 저 여자인가? 아니면 Y인가?"

괴물이 D에게 물었다. D는 한 치의 망설임도 없이 대답했다.

"Y."

"그렇구나."

괴물이 씨익 웃으며 대답했다.

"하지 마, 제발! 그만하라고!"

Y는 결국 울음을 터뜨리며 괴물에게 매달렸다.

"미안해…… 멋있어, 아주 멋있어. 이 집 타는 모습, 너무 황홀해. 아까 내가 잘못 말한 거야. 그러니까 제발 저 사람은 건드리지 마!"

Y가 불바다 속에서 무릎을 꿇고 괴물에게 빌었다. 검은 연기 속에서 Y의 무릎이 벌겋게 달아올랐다. D가 괴물 꼬리에서 발을

빼내려 할수록 꼬리에 돌기가 발목을 더욱 옥죄어 왔다. D의 발목에서 핏물이 줄줄 흘렀다.

"이미 늦었어. Y, 넌 그렇게 말하지 말았어야 했어. 내 정성을 무시하다니 말이야. 내가 널 얼마나 사랑하는지 너도 알잖아."

괴물은 고개를 젖혀 온몸가득 숨을 들이마셨다. 그리고는 매섭게 숨을 내뿜었다. 순식간에 화장실 벽 쪽에서 불길이 달라붙었다. 화장실 바닥에 쓰러진 H의 머리카락에 불길이 달라붙고 이마, 눈, 코, 입, 목, 가슴 그렇게 조금씩 타들어 가기 시작했다.

"저 여잔 아무것도 몰라, 바보 같은 자식아."

괴물이 D에게 말했다.

"뭐?"

"어리석은 자식. 네 편지를 본 적도 없다고. 어떤 겁쟁이가 네 편지들을 훔쳐갔어. 네 편지는 그 겁쟁이를 위로했어. 왜 그딴 편지들을 쓴 거야? 바보 같은 놈."

"그게 무슨 말이야?"

놀란 D가 물었다. H의 등에 흐르는 피는 아직도 멈출 줄을 몰랐다. 오히려 더 세차게 흘렀다.

"불쌍해. 저 여자. 이 집에 이사 온 게 잘못이지."

괴물은 그렇게 말하고는 Y를 품에 안았다.

"제발 그만해…… 이제라도 멈춰 줘."

지친 듯 보이는 Y가 괴물에게 간절히 말했다.

"그렇다면 너도 말해 봐. 네가 사랑하는 게 누구인지 말이야.

화려한 세계로의 서막을 열어 줄 나인지, 아니면 이 시궁창에서 널 꺼내줄 수도 없던 저 녀석인지."

Y는 D를 바라보았다. Y는 지난 시간들을 떠올렸다. 바깥 세계에 있는 시간의 흐름들을 무시하고, 서로의 몸을 시계 삼아 움직였던 시간들. 오직 둘만의 세계였던 이 지하 공간. 서로의 몸 안에서만 살아 있음을 느꼈던 바로 이곳. 태아처럼 자신을 품어주던 D의 살결, 그리고 숨죽여 살지 말라고 속삭이며 존재를 분출시켜주던 둔탁하고 오롯한 그의 욕망.

그녀는 지나간 시간 속에서 D의 온전한 사랑을 느꼈고 그것을 고마워했다. 살아 있는 시간 동안, 그녀가 그를 사랑했던가? 미안하지만 그건 아닌 것 같다. 그러나 그와 있는 시간 동안 그녀는 늘 불안했었다. D가 자신을 사랑하기 때문에 불행한 삶을 살게 될까봐 너무도 무서웠다. 이 세상에서 D처럼 자신을 사랑해줬던 사람은 없었다. Y 스스로보다도 더 Y를 사랑했던 유일한 사람이었다. 지옥에서 만난 수많은 영혼은 대부분 사랑을 받지 못해서 삐뚤어진 불운한 자들이었다. 그들에 비하면 Y는 굉장히 행복한 편이었다. Y의 방식대로 '잘 죽어서' 남아 있는 사람들이 그녀를 두고두고 추모하고 있었으며, 죽어서도 D의 욕망의 대상인 그녀였다.

괴물을 사랑한 적은 단 한 번도 없었다. 괴물은 그녀의 욕망과 이 사회의 합작품이었다. 처음부터 괴물은 아니었다. 어쩌면 그녀가 자아실현을 하고 사회적으로도 인정받는 사람이 되게 만들 수도 있었다. 그러나 그녀는 나약했고, 결국 그녀에게서 나온 그것은 괴물이 되어 결국 그녀를 집어삼켰다. 그것은 파괴자이자 포식자였다.

Y는 고민스러웠다. D를 위해서라면, 괴물을 사랑한다고 거짓말을 해야 했다. 그래야 이쯤에서 저 괴물의 폭주를 멈출 수 있을 것 같았다. 그러나 자신을 바라보는 D의 눈빛을, 그녀는 읽을 수 있었다. 괴물을 사랑한다는 말을 듣고 마음이 찢어지는 것이 온몸이 불타 죽는 것보다 더 고통스러울 거라는 것을. 죽더라도, 그가 듣고 싶던 그 말을 듣는다면 온전히 지옥 불을 견뎌낼 수 있을 거라는 것을. Y는 D에게 미안한 마음이 들었다. 결국, 어떠한 선택에 대한 결과도 자신을 사랑해서 벌어진 비극이었다. 그녀는 체념한 듯 한숨을 몰아쉬었다. 괴물과 D가 그녀의 대답을 기다리며 긴장하고 있었다. 그녀는 여태껏 가지고 있던 D의 대한 미안함과 고마움을 담아 꾹꾹 눌러 담아 대답했다.

"난 D를 사랑해."

Y는 결국 D의 바람대로 해주었다. 잘 죽는 것이 중요하다는 그녀의 일념은 변하지 않고 있었다. 그가 어찌 이보다 더 잘 죽을 수 있단 말인가? 그는 그녀에게서 사랑한단 말을 처음 들어 보았다. 그는 죽어도 여한이 없었다. 그의 얼굴이 환희에 젖었다.

"날 기만하다니."

괴물이 씩씩거리며 말했다. Y는 D를 향해 웃어주었다. 이제 저 아래에서 만날 날을 기약하자는 듯, 그렇게 웃어보였다. Y의 미소를 본 D는 그녀를 안고 싶어 견딜 수 없었다. 순간 검은 연기가 자욱하더니 그의 발을 죄고 있던 꼬리가 순식간에 사라졌다. D는 앞으로 고꾸라졌다. 고개를 들어보니 괴물과 Y는 순식간에 사라지고 없었다.

"Y야! Y야!"

D가 있는 힘을 다해 소리쳤다. 그러나 괴물도, Y는 아예 흔적도 남아 있지 않았다. 한순간의, 꿈만 같았다. 그는 잠시 동안 멍하니 그들이 있던 자리를 바라보았다.

'이 재회가 허무한가.'

그는 자문했다.

'아니다.'

그녀에게 차고 넘치도록 하고 싶었던 보고 싶었단 말도 했고, 설마 바라는 게 욕심인가 싶었던 사랑한다는 말도 들었다. 마치 성경에 나오는 빛과 소금이 된 느낌이었다. 왜 이 세상에 나왔는지 이유를 찾은 기분이었다. 그는 그녀를 사랑하려고 이 세상에 태어난 것이다. 그녀와 식사할 수 있었고, 취할 수 있었고, 키스할 수 있었고, 그녀 몸 안에 들어 갈 수도 있었고, 함께 아침을 맞을 수도 있었다. 또한, 그녀 내면의 괴물을 볼 수 있는 유일한 사람이기도 했다. 사랑한다고 고백했고 사랑한다는 말을 들었다. 무엇이 더 필요하겠는가. 곧 죽을 그는 하염없이 기뻤다. 아마 몇 분도 채 버티지 못하고 이 삶을 마감하게 될 것이다. 그녀는 먼저 저 곳으로 멀리 떠났다. 아마 괴물 역시 그녀를 버티지 못하고 놓아줄 것이다. 그는 마음이 편안해졌다.

'나와 이 집, 우리만 이제 저 멀리로 떠나면 돼.'

어서 빨리 이 공기를 들이마시고 죽어버리고 싶었다. 어서 그녀가 있는 지옥으로 가고 싶었다. 그런데 그에게는 해야 할 일이 남아 있었다.

발아래 쓰러져 있는 H가 보였다. 그녀는 이미 죽어 있었다. 괴물이 했던 말이 생각났다. 그녀는 아무것도 모른다고. 어느 겁쟁이가 그의 편지를 훔쳐갔다고.

철저하고 완벽하고 훌륭한 희생자! 그러나 그녀는 마치 숙명처럼 이 집에 이사를 왔고 피해갈 수 없었다. 이 정도까지 가혹한 운명은 웬만해서는 절대 피해갈 수 없다. 게다가 그녀는 D의 마음에 꼭 드는 수취인이었다.

그는 무릎을 꿇고 H의 시신을 끌어안았다. 아주 뜨겁고 불쌍했다. 아까와는 달리 발이 몹시 따뜻했다. 나에게 왜 그러냐고, 누구냐고, 모른다고 소리쳤던 H의 입에 키스해 주었다. 그녀의 몸을 감싸 안았다. 이미 반이나 검게 타 있었다. 그녀의 몸의 불길이 D에게 옮겨 붙었다. 끔찍할 만큼 고통스러웠다. 그럴수록 H를 꼭 껴안았다. 세간이 타는 소리가 웅장했다. 있는 힘을 다해 H의 귓가에 입을 가져다 대고 말했다.

"정말 미안해. 넌 지옥에 오면 안 돼. 영영 다시 보지 말자."

편지의 주인

형사 생활 11년 만에 이런 사건은 처음이었다, 아니 내 인생에 이러한 사건은 처음이었다. 그 어떤 사건보다 영화적이었고, 그 속내는 낭만적이었다. 나는 고민에 빠졌다. 사건의 내막을 그대로 드러낸다면, 아마 다들 '몽정의 편지'들을 공개하라고 요구할 것이 뻔했다.

형사된 도리로 거짓말을 하는 것은 잘못된 일이었다. 늘 사실에 입각한 수사를 해야 했고, 그것을 전하는 것이 정의였다. 그러나 내 마음속에서는 형사 김종학과 인간 김종학이 싸우고 있었다. D와 H, 그리고 김진호는 아무래도 좋았다. 그러나 인간 김종학은 이 편지들을 공개하고 싶지 않았다. 공개를 한다면, 나 김종학의 손으로부터 가공된 어떤 예술품이여야 하지 않겠는가……!

사람들은 특히나 Y에 대하여 궁금해 하지 않았다. 아니, 전혀 알 수가 없었다. D와 H의 동반 자살이라면 끝날 일이었다. 그 반지하 방에 가두어놓고 서로만을 시계 삼아 움직이던 D처럼, 나 역시 그들을 세상 밖으로 내놓고 싶지 않았다.

"선배님."

차와 박이 나에게 다가왔다.

"복잡하게 처리하지 말자."

나는 그렇게 말한 뒤, 보고서 꾸밀 생각으로 자리에 앉았다. 토를 달지 말라는 무언의 행동이었다.

"저 때문에 그러시는 거예요? 편지 공개 안 하신다고 하신 거 말이에요."

김진호가 따지듯 물었다.

"설마 내가 그럴려고."

편지가 공개되면 김진호도 그 두 사람을 방관했다는 이유로 언론으로부터 자유로울 수 없었다. 그러나 편지가 공개되지 않으면 김진호는 아무 상관 없는 사람이 되는 것이었다.

"그럼 다른 이유라도 있나요."

나는 꽤나 인자한 사람인 양 최대한 슬픈 표정을 지으며 대답했다.

"죽은 D의 소원이잖아. H 이외에 그 누구에게도 들려주고 싶지 않은 이야기들, 그게 모두 이 편지에 있어. 그 집에서 있었던 일들 말이야. 지금도 너무 많은 사람이 알아버려서 유감이지만."

"그건 제가 미안하네요."

김진호가 고개를 떨어뜨리며 말했다.

동네 사람들은 그 집에 대해 수군거렸다. 화재 사건으로 남녀 두 명이 사망한 것 이외에도, 그 집에 살던 사람이(그 집에서는 아니었지만) 자살했다는 소문까지 돌게 된 것이다.

"에이, 괜한 것들 때문에 재수가 없으려니!"

수사가 끝나고 현장을 정리하는 마지막 날, 처음으로 얼굴을 드러낸 건물주가 말했다. 60대 중반 여자로 보이는 그녀의 얼굴에는 심술과 수심이 가득했다.

"다 허물어 버릴 거예요."

건물주가 나에게 말했다.

"네?"

"이런 재수 없는 집에 누가 이사 오겠어요. 다 허물고 새 건물을 신축해야지."

구경을 나왔던 주민들의 눈이 휘둥그레졌다. 정적이 흘렀다. 건물 세입자로 보이는 어느 아주머니가 말을 걸려서 하자, 건물주는 휙 돌아선 채 타고 왔던 중형차를 타고 골목을 빠져나갔다.

연인 관계였던 D(남. 31)와 H(여. 23)는 2013년 10월 3일 오전 2시, H의 집은 구로구의 한 반지하 자취방에서 동반 자살을 했다. 그들은 방수용 페인트로 추정되는 방화 물질을 집 안에 투

척한 뒤, 방화한 것으로 보인다. 유서는 발견되지 않았으며 재산 피해는 크지 않다. 무직자였던 D와 백화점 계약 직원으로 알려진 H는 평소 생계를 비관해 왔다고 주변인들은 전했다.

그렇게 사건은 표면상으로 끝이 났다. 그토록 도망치고 싶던 사건이 끝났지만, 가슴속엔 젖은 솜 베개를 꼭 안고 있는 듯 먹먹한 기분이 가시질 않았다.

꾀를 피우는 봉급쟁이, 기회주의자, 자본주의의 노예, 정수리보다 주둥이가 높은, 엉덩이가 무거운, 꼰대들 뒷담화 거리들을 찾다가 그대로 꼰대가 되어가는 중인 미숙한 인간. 그게 나였다. 나는 내가 편안하게 살고 있었다고 착각하고 있었다. 난 틀렸던 거다. 편안한 것이 아니라 무디게 살고 있던 거였다. Y는 어쩌면 나약해서 버티지 못하고 자살한 것이 아니라, 오히려 삶에 대해 진지하기 때문에 스스로 삶을 버린 걸 수도 있겠다는 생각이 들었다. 그녀는 그녀 나름대로 용기 있는 결단을 한 걸지도 모른다. 나처럼 '되는 대로 살자'가 안 되는 사람이었기에. (그러나 그녀는 운명을 넘어설 노력을 조금 더 했더라면 어땠을까? 더 버텼을까?)

볼 수도, 만질 수도, 들을 수도 없는 그들의 사건에 난 완전히 사로잡히게 되었다. 더는 되는 대로 살기 싫어진 것이다. 〈몽정의 편지〉 사건을 맡고, 얼마 지나지 않아 들었던 예감이 있었다. 이 사건이 내 정신 상태에, 그리고 인생에 어떠한 막대한 영향을 끼치리라는 것!

사표를 내야겠다는 생각이 들었다. 나에게는 정말로 큰 용기가 필요했다. 늘 수동적인 내가 이런 결정을 한다니! 스스로 감격스러웠다. 한편으로는 이제와 내가 하고 싶은 대로 살 수 있다는 생각에, 나 스스로에게 미안해졌다. 꽤나 오래 걸렸구나, 싶었다. 그리고 난 더 늦기 전에 사표를 던졌다.

'얼마간 퇴직금으로 살면 굶어죽지는 않겠구나.'

나의 지난날을 추억하며 술을 한 잔 마신 뒤, 나머지는 생활비로 아껴 쓸 생각이다. 아마도 내가 〈몽정의 편지〉에 대한 시나리오를 완성하지 않는 이상 (정확히 얘기하자면 시나리오가 팔리지 않는 이상), 앞으로 돈을 벌 일은 없을 테니까.

'내일 아침에 출근하지 않아도 돼.'

여유로운 기분이 들었다. 선물 받은 지 1년이나 넘은 위스키 생각이 났다. 언더락 잔에 얼음을 넣고 미즈와리로 한 잔 마셨다.

모순 없는 휴식에 기분이 좋아졌다. 다음 날 일을 하기 위해 에너지 충전을 하느라 갖는 휴식이 아니었다. 참 휴식이었다. 침실로 들어와서 침대에 걸터앉았다. 협탁에 들어 있던 몽정의 편지들을 꺼내서 다시 읽었다. 몸 안에서 몽롱한 기운이 파도처럼 밀렸다 쓸렸다를 반복하는 것 같았다. 슬픔과 홀가분함과 성욕이 잘 섞인 칵테일처럼 어우러졌다.

헤어진 전 여자 친구가 일주일 뒤 결혼할 것이라며 찾아왔었다. 아마 사표를 내기 이틀 전 즈음이었다. 정말 사랑했던 것은 나였다며, 지금이라도 붙잡으면 파혼하겠다고 말했었다.

“정말 나를 사랑해? 지금이라도 붙잡아. 사실 나 너무 두려워.”

그녀는 울면서 말했다.

“막상 결혼한다고 생각하니까, 네 생각이 너무 많이 나더라.”

열정을 가지고 형사 생활을 하던 신참 때, 내 삶의 온 열정을 빼어갔던 그녀였다. 난 그녀와의 미래를 꿈꾸었었다. 그녀를 잃은 뒤, 나의 모든 열정과 패기, 낭만은 증발해 버렸었다. 난 너무도 화가 났다. 그토록 냉정하게 나를 버리고 가더라니. 목숨이 위태로운 형사랑은 결혼하기 두렵다고, 그냥 평범한 봉급쟁이는 싫다고, 결국 돈 많은 사업가에게 갔던 그녀였다. 근데 이제 와서 한다는 소리가 너무 초라했다. 그동안의 세월에 대한 회한이 끓어올라 그녀의 뺨을 후려갈겼다.

“썅년.”

그녀와 나, 둘 다 눈물이 솟구쳤다. 난 어쩌면 아직도 그녀를 사랑하고 있는 지도 모른다. 그러나 지나간 시간들을 어쩔 수는 없었다. 나는 그녀를 다시 받아줄 수 없었다. 그녀는 그저 가만히 그렇게 벌을 감내하듯 서 있었다. 나는 뺨이 부어 고개를 푹 꺼트린 그녀를 어깨를 꽉 끌어안았다.

우리는 그렇게 마지막 밤을 함께 보냈다. 그녀를 처음 가질 때보다 훨씬 더 떨렸다. 그녀가 이미 다른 남자의 여자가 되었다는 감정이 나를 더욱 부자연스럽게 만들었다. 그녀는 그런 나를 부드럽게 컨트롤했다. 그녀의 속은 여전히 깊었다. 그녀가 작게 신음하자 내 안에 잠재되어 있던 그녀에 대한 익숙함이 고개를 내밀었다. 그녀의 내조 아래, 난 내 세상을 만난 듯 내 무대를 마음껏 펼쳤다. 바보 같고 등신 같고 찌질해 보였겠지만 꼭 묻고 싶었던 말이 결국 목구멍까지 치밀어 나를 간질었다. 결국, 그 질문을 뱉을 수밖에 없었다.

"그 남자가 잘해? 내가 잘해?"

그녀는 나의 눈을 똑똑히 보며 대답했다.

"너."

대답을 듣자마자 더는 참지 못할 것 같았다. 얼른 페니스를 꺼내어 그녀의 배 위에 갈겼다. 내가 조금만 더 사악한 놈이었다면 아마 그녀의 몸속에 내 것들을 다 뱉어내었을지도 모른다. 내 것들을 뱃속에 안고, 그 남자가 해준 웨딩드레스를 입고 결혼식장에 들어가도록 말이다.

한결같이, '꼭 여기다 싸야 돼!'의 오롯한 욕망의 대상이었던 그녀. 나의 올리브 파스타인 여자! 아마 앞으로도 그럴 것이다. 이 여자 같은 오롯한 욕망의 대상을 다시는 만나지 못할지도 모른다. 그러나 나는 그러지 못했다. 그녀의 뱃속이 아닌 배 위에 뱉어내는 대신, 더욱 쥐어짜 내야 했다. 전에 있던 미련도, 앞으로 가지게 될 미련도 함께 몽땅 뱉어내었다.

"고마워."

그녀는 역시나 내 마음을 읽고 있었다.

"이게 내 마지막 배려야. 결혼 축하해. 그리고 다시는 내 앞에 나타나지 마."

나는 그녀 배 위에 뱉어낸 것들을 닦아주지도 않고 그대로 자리에서 일어나 옷을 입었다. 이제 그것은 그녀가 처리해야 할 몫이었다. 그녀는 그대로 침대에 누워 있었다. 나는 뒤도 돌아보지 않고 밖으로 나가버렸다.

몽정의 편지들을 읽노라니 그날 밤 생각이 났다. 위스키를 한 모금 더 마신 뒤 창가로 갔다.

'그 집은 바람을 느끼기에 너무 낮은 위치에 있지만……. 당신도 창문을 열고 이 가을을, 그녀의 기운을 느껴보길 바랍니다. 그녀는 기다렸다는 듯, 그 집안을 파고들 것입니다.'

세 번째 편지의 마지막 구절이다.

나는 그보다 높은 4층에 살고 있다. 창문을 열자, 기다렸다는 듯 가을바람이 겨드랑이 밑을 파고든다. 완연한 가을이다.

'거봐요.'

마지막 구절의 맨 마지막 문장이다. 피식 웃음이 나온다.

곧 겨울이 오겠구나.

서늘하고 비릿한 밤공기가 날 적신다. 가로수에 떨어진 은행 냄새가 마치 시체가 썩는 냄새를 풍기며 콧잔등을 찌른다. 〈몽정의 편지〉를 읽노라니 내 방 구석구석에서 찐득하고 차가운 습기가 스멀스멀 피어오른다. 곧 반지하 방만큼 눅눅하고 우중충해지겠지. 난 이런 내 집이 마음에 든다. 이보다 더 좋은 작업 공간은 없을 것 같다! 난 기가 막힌 시나리오를 완성할 수밖에 없는 환경에 놓인 것이다. 마치 H가 D의 욕망의 대상이 될 수밖에 없던 곳에 놓였던 것처럼.

몽정의 편지는 누구를 위한 편지인가.

오로지 D 자신을 위로하기 위한 편지도, 김진호의 외로움을 달래주는 편지도 아니다. 이것은 결국 낭만적인 나의 영화를 보게 될 이들을 위한 편지인 것이다. 브라보 마이 라이프!

(끝)